冬与狮

兰晓龙 著

人民文学出版社

图书在版编目（CIP）数据

冬与狮/兰晓龙著.—北京：人民文学出版社，2021（2021.11重印）
ISBN 978-7-02-014242-2

Ⅰ.①冬… Ⅱ.①兰… Ⅲ.①长篇小说—中国—当代 Ⅳ.①I247.5

中国版本图书馆CIP数据核字（2021）第188578号

责任编辑　刘　稚　黄彦博
责任印制　王重艺

出版发行　人民文学出版社
社　　址　北京市朝内大街166号
邮政编码　100705

印　　刷　三河市宏盛印务有限公司
经　　销　全国新华书店等

字　　数　145千字
开　　本　880毫米×1230毫米　1/32
印　　张　7　插页2
印　　数　45001—60000
版　　次　2021年10月北京第1版
印　　次　2021年11月第5次印刷

书　　号　978-7-02-014242-2
定　　价　39.00元

如有印装质量问题，请与本社图书销售中心调换。电话：010-65233595

# 序

最近脑子里总是想起一个名字。

我不会说出这个名字,因为我不知道他喜不喜欢安静,我喜欢。所以,己所不欲勿施于人。

总想起来是因为他太年轻了,我难得如此认真地把他离开的那天和出生的那天做了个加减,不精确,但他还不到十九岁,实际上很多人会说,唉,他才十八岁。

唉,他牺牲了。他太年轻了。

总想起来是第一次看到他的照片,出现在最最正经的官媒。照片上的他有点懵懵然,跟他别的照片一样总在憋着乐,手上托着一个剥了皮还没来得及吃的橘子,但也许是某种金黄色包装的糕点。

身后是他用十八岁生命保卫的古老而又年轻的世界。

那副神情在野战部队是常态。看×××跟那自得其嗨便大喝一声×××。×××势必跳起来:到。啥事?

没事,老子练嗓子。其实就是想跟你开个玩笑又懒得费脑子组织玩笑。

在一个既要紧张严肃,又要轻松活泼的军营里,能被这么开玩笑的家伙通常都人缘极好。

逝者的照片来自生者的选择。一张生机盎然到有点跳脱的照片，而想记住他的人们，选定它作为他在他们心中的定格。因为他是这样，他就是这样。

我甚至感激批准使用这张照片的审查机构，因为那张照片上的他，很熟悉，又如此地与众不同。

那一拨牺牲的不止他一个，但他是我印象最深的一个，深到心里隐然发痛……好吧，那几个也痛，但他最痛。

因为他才十八岁。

也因为他托着个橘子（也许是糕点），憋着乐，有点懵懂，生机盎然，有点跳脱——就这么出现在正统得不能再正统的军媒上。

知道吗？就我个人的浅薄认知，这几乎是创造一个人物的基准盘了。

在此基准上，再去找他的与众不同。

是他的与众不同，不是作者的与众不同。


抗美援朝，跟你们一样，我看重前四个字，保家卫国。

抗美援朝，跟你们一样，我不了解。

此题材的小说我就读过一本，魏巍老爷子的《东方》，史料倒没少看，然而写剧本时是需要开着搜索引擎的。

我的老父亲据说参战了全程，然而他是个军医，窃以为他离战场很远；又据说他其实是个揣过43反（坦克手雷）的军医，然而还是窃以为他离战场很远，因为他是个军医。

了解，当你真想去了解时，就是个没上限以至无法达成的企望。

一个人都是这样，连对我的老父亲都是这样，何况一场战争。

我不是为可能犯错帮自己留余地，也不是抱怨当时我们很穷，而统计、归纳、留存实在是极需要资源和精力的事情。

我是说让我们认知，以至改变我们的，无非视野以内——这还是指乐于感知并且敏锐的人。

实际上还可以五十米以内、十米以内、三米以内地一直递减，甚至在自己的脑壳以内。

网络来临，我们曾认为认知无限大，思想无限远，纭纭杂杂一通后，发现还不如视野以内。

创作——不管哪种形式的创作——在我贫瘠的认知里，和一个小孩子拿到一块橡皮泥没有区别。

你得到一块橡皮泥，你想让它成为你想的那个样子，做到哪里，取决于你当时当地的认知和技能。

也许过些年你会觉得它最好还是作为一坨橡皮泥存在——这样想有好有不好。

好的部分，你是个有艺术良知的人，你千学万学学做真人。

不好的部分（但不能称为坏的部分），你自我计划太过，以至自我禁锢，锢到自己眼高手低，江郎才尽。

我一直试图做这样一种生物：不要觉得所谓创作比啤酒烤串来得高级。

你几乎不会碰到十全十美的啤酒烤串，有时酒好肉不好，有时肉不错酒一般，有时酒肉都差劲，但桌上有个家伙很有趣。

所以你不会拒绝啤酒烤串，就像不会拒绝生活本身。

所以乐观地说，我习惯在缺陷中长大；悲观地说，我还得习惯在缺陷中变老。

我们都一样。

所以那个十八岁，身后是雪山和高原的年轻军人，我不了解他，也了解不了他，我看见他双手托着个刚剥了皮的橘子，也许是糕点。

无法做到了解的我只好着力于那个剥了皮的橘子，也许是糕点。

第七穿插连如是，第七侦察连如是，装侦七连如是，川军团如是，炮灰团还如是。

和你我一样，又如此与众不同。

他们托着他们剥了皮的橘子，也许是糕点，憨着乐，有点懵懂，有点跳脱，甚至有点滑稽，以至你一边悲伤，一边有点会心——会心是个很好的词，它让我这个视野以内的生物也觉得，无限也许还是存在的。

他真年轻。他们真年轻。

2021 年 9 月 26 日

# 一

一九四五年八月九日夜，美国五角大楼。美国国务院、陆军部、海军协调部在开紧急会议。旁边老式打字机笃笃地记录着。

极长的，长到并不写实的长廊，基调是介乎黑与白之间的灰，并非指颜色，而是说感觉。很高的天顶，没有窗户，以致这条并不窄的廊显出长方体的逼仄。它并不是很有庄严感，因为"二战"结束，就美国来说是机会来临，机会主义需要的是机会而非庄严，所以散落在长廊里三三两两或待命或思虑的人们更像华尔街期货市场里的人——不过声小一点，交头接耳而非大喊大叫，那是怕吵到会议中真正的大头，除此之外，没什么差异。

会议室——今晚真正的核心——厚重的门开了一条缝，门里的烟雾喷薄而出，缭绕不去，几成具象。

一个从疲惫很快转为不耐烦的声音："迪安、迪安！迪安·里斯克上校！"

那条缝就一直开着，让走廊也很快成了烟的走廊，门里蓄积的辩论和争吵传出，因为各种分歧而成为猜疑、恐惧与烦恼的垃圾信息。它们的综合作用是让长廊上压抑的咳嗽更多了。

年青的迪安·里斯克快步上前,之前他是待命的一员。他是个上校,而上校在这里什么都不是。

他的影子周围缭绕着烟雾,纠缠着别人的影子。

身份不够的迪安·里斯克只有把脑袋伸进门缝而整个身子仍在门外的权力。

门里的人小声而急促地跟他交代着什么。

从未去过朝鲜的迪安·里斯克被委以重任:三十分钟内把朝鲜半岛划为两半,"既能满足美国的政治意愿,又符合军事现状",美国需要给正在南下的苏军一条分界线。

迪安·里斯克把脑袋缩回来,离开。他已经从待命的一员转变为思虑的一员。

从会议室里出来的一名军官跟在迪安身后,他挟地毯似的挟着一份大地图。

门关上。

## 二

五角大楼第三休息室。得先把这屋的折椅推开,才有摊开地图的空间。迪安的活干得毛糙,所以胡乱堆放的折椅酿成了光怪陆离的影子。

地图滚动,摊开:朝鲜半岛……中国和苏联、日本的部分自然也在其内。其上投射着折椅和迪安光怪陆离的影子。迪安咔咔地打着火机点上一支烟，让这影子变得更光怪陆离。

迪安在地图上踱步。烟灰掉在地图上。

不知道他哪来的灵感，也许就是烟灰的落处。反正迪安找了根绳子，就此环境，也许是窗帘绳，一头绑在椅子腿上，他再次踩过地图，绷直。

那根绳子就成了"三八线"。弹一下，颤颤巍巍。掸飞了绳子下的烟灰，颤颤巍巍。


迪安·里斯克后来成为美国远东事务国务卿，因为他转身就结束了这场烦恼，而且他画的线真的很直。



## 三

一个月后，北纬三十八度线，苏美军队，一触即发，最后转为两军联欢。

狂放的音乐响起，苏联的手风琴和美风的萨克斯，双方无需铺垫就直接进入最高潮的环节，时而对阵，时而应和，居然产生了粗线条的意外和谐，其效果已经超越狂放而达到了狂诞。

雪地上几张被拼在一起的桌子像是正遭遇炮击：因为桌上的大列巴、红肠和更丰富的美式军用配给正被美苏士兵当垃圾推到地上，无论美式的踢踏舞还是苏联的马刀舞，都有一个坚硬的着脚点来应和。

参与者都是真正战火余生的老兵，美军，苏军，为战争而来，疲惫不堪也伤痕累累，现在不用开枪就可以回家了，所以这是真正的狂喜和狂放——一个苏联伤兵跳散了自己的绷带，红白相间中足足甩出了几米长。

苏联红军以蹲踞式疯狂地往各个方向变换着双脚，边打旋子边奏响着手风琴。美军把手齐肩环抱，钉着铁掌的军靴在桌上跺成了暴风骤雨。有时桌上是美国的，有时桌上是苏联的，有时桌上是美国的和苏联的，有时两种风格迥异的舞蹈居然掺杂进了对方的风格，无政治的交流本来就很容易交融。

这场狂欢的高潮点是把威士忌和伏特加倒进一个巨大的酒瓶，从很多个大酒瓶倒进一个超级巨大的酒瓶。作死的调酒员在桌上舞蹈，在舞蹈中摇晃，在摇晃中混合，所有人都或乌拉或呼啊地狂热应和。

酒倾倒而下时像个坏了阀门的水龙头，美国脑袋和苏联脑袋凑在其下，争作一团，他们脱离开这道瀑布时或摇摇欲坠或就此出局。

一名苏军："乌拉！战争结束了！"

一名美军："上帝！和平爆发了！"

这声音终于让这场狂欢冷场了一下子，大家瞪着那个摇摇欲坠酷爱反向思维的家伙，然后美军和苏军面面相觑："二战"前是敌人，"二战"中又成了朋友，"二战"结束又要成敌人，今天晚上又成了朋友……再然后呢？

抱着酒瓶子的那位机灵地解窘："可以回家啦！"

于是大家继续乌拉，继续呼啊。

解窘的家伙旋身，抡出了已经倒空的酒瓶，用力之猛让自己都从桌上摔到了雪地上。

那样粗重的酒瓶只能是苏维埃制造,它结结实实砸在树干上,毫发无损,然后经历了一个漫长的滚落,憩居雪地。

战争结束,可以回家。那天晚上他们是苏联人眼里最可爱的美国人,是美国人眼里最可爱的苏联人。

冬去春来,雪积雪消,那个人工造物似乎要与这里的磐石一起待到亘古。

轰鸣的引擎声响起:飞机的,舰船的,战车的,如此规模庞杂,只能是属于战争的。

一枚至少五百磅的航空炸弹凌空而下,于是取代酒瓶的是一个足够把三房两厅塞进去的弹坑。

## 四

一九五〇年九月十六日,仁川登陆第二天。

天空被机群渲染成金属色,海面被战舰渲染成铁灰色,铁灰色的登陆舰艇抵近冲滩线,放出军绿色的战车。

这一切很快变成泥浆色——因为仁川登陆点是按公里算的黑色泥涂。泥浆裹在履带和轮子上,然后再被甩成绝无死角的咸湿之雨,黑泥让履带和轮子在哮喘中变粗,留下很多军靴,让辗转其中的陆战队员和他们的装备面目全非。舰炮在开火,成吨炸起的泥浆远比杀伤弹片可怕，因为它落下时几十倍于杀伤半径，而且绝无死角——于是在弹坑和简易战壕里做攻击姿态的陆战队员都是满头满脸的泥浆。

"早安，仁川的烂泥。昨天我们炸你，今天我们又来炸你，也许明天我们还来炸你。对，珍珠港都没吃过这些炸弹，可昨天炸，是因为一直和我们在一起的道格没空来参加 D 日\*，今天炸，因为道格和他的记者们要来参加 D+1 日！所以，请迎接战争像迎接太阳一样，不要再糊在我们的脸上啊！"

刚开始的大全景中，这很容易被误会成某个战地播音员的广播，但很快发现，不是的，它是陆战一师布雷登·乔斯上士的宣泄——作为蜷在烂泥里的一员，他把地图卷成个喇叭筒。好吧，倒也算战地广播。

高级军士长小杰登·怀特过来，冷眼相看。这是个一丝不苟的军人，即使在这场不是战斗的战斗中，战壕姿势也如教科书一样规范。

布雷登："你是非美委员会成员吗？这是内部频道。"他转过烂泥糊的脸，两张泥脸面面相觑。

小杰登："不会拍你。拍了也会剪掉——学会闭嘴的话，你早就不是我的助手了，我的助手。"

他伸手把布雷登拉起来，两人蹒跚地挣扎出烂泥，拍掉对方身上的烂泥——这两人是老交情，共同经历了"二战"的老交情。

---

\* 军事作战中，D 日用于表示某次作战或行动的那一天。

拍摄完登陆远景的战地记者们正收拾着家什，深深浅浅地离开——这是一段摆拍，在九月十六日，对九月十五日的仁川登陆进行大规模摆拍，但它将是这几天美国新闻的头条。

## 五

小杰登和布雷登走过滩头堆积如山并且还在继续卸下一座座山一般的辎重和装备，带相机的记者和带枪的军人几乎一样多，因为今天要摆拍。有时这俩泥人会被嗅觉敏感的记者抓拍一张，那泥泞，那疲惫，那漠然，一定会被评价为硝烟和泥泞之中的真实。然而"道格！道格！"的欢呼忽然响彻滩头，抓拍的记者迅速跑开了。

小杰登和布雷登迟缓不堪地赶向那艘正在抢滩的坦克登陆舰，正在开启的舰首周围已经被穿军装和西装的人群给包围了，只能看到蛤壳一样开启的舱门。没法不迟缓，因为他们带着几十公斤的装备和十几公斤的烂泥，即使在穿军装的人群中，他们都是两个另类。

那也不能错过这场热闹，于是在嫌弃和诧异的眼神中一径往前。布雷登还想挤进去来个雨露均沾的，被小杰登给拽住——不管仁川是谁在打，这里谁的身份都高于他们俩。

所以那个高大的，玉米芯烟斗总叼成仰天四十五度的身影在他们眼里是不断被人头和肩膀给分切的：他在分切中，在很多人的簇拥中涉水，但绝对没人敢走在他之前。有很多种方式可以不湿裤脚地登陆，可他就是选择了和当年光复菲律宾一样的方式——道格拉斯·麦克阿瑟，美利坚的国家级明星，一年后杜鲁门因罢免他支持率下降到百分之二十六，而同时举国都在质疑朝鲜战争的必要。所以对媒体缺乏概念就会很难理解麦克阿瑟。

万众之星的那个身影眼中无记者，而心中有记者，连烟斗都随时在给出雕塑般的最佳角度，然后吼出他登陆的第一句台词。

麦克阿瑟说："我要找刘易斯·普勒上校，他是陆战队的团长。我想亲自为这位团长授一枚勋章！"

人群外的布雷登问："什么？"

小杰登："他要找一团的普勒团长。"

布雷登："他难道不知道大胸男（普勒绰号CHESTY，大胸脯之意）正在前沿？真正的前沿。"

小杰登没吭声，说真的，一线出生入死的人不喜欢这种秀。

人群里麦克阿瑟拿着的野战电话正传来咆哮——枪炮连绵和刘易斯的战地咆哮——"再说一次！我没工夫！如果他打算授勋，就让他来这里好了！"

麦克阿瑟略沉吟，为了往下的戏剧性效果，只好说："那就让我去他那儿。"

人群顿时乱套，因为麦克阿瑟正走向他的座驾，以及车队，而亢奋的记者疯狂跟拍，并扑向调配给他们的采访车——你永远不好说道格是为战争而来，还是为镜头而来。

这支凌乱而冗长的车队迅速离开登陆地点，于是又只剩下两个泥人。

坦克登陆舰上驶出几辆五色斑斓、虎头涂装的轻重坦克,它们又一次把足球大的淤泥甩得小杰登他们满身满脸。

## 六

十月三日,美军越过"三八线"。

坦克履带碾过之前遗留的弹坑和破碎酒瓶。

## 七

十月四日,中国西安某机场。西北军政委员会主席彭德怀被紧急召往北京。

这个机场空旷到只有寥寥数架飞机,中央派来的专机正在跑道上预热轰鸣,被当作专车使用的半旧威利斯越野车疾速向它接近。扬尘大到颇有些战地气息——当时中国的省会机场条件还不如今天的野战机场。

彭德怀,农民的脸庞和身形,就像是土地本身——苍凉下的坚毅,沉默下的生机,和总被并论的麦克阿瑟相比,完全是另一个极端。

他下车时在拽袖口的脱线,又担忧拽了之后一发而不可收拾,真是很不像一个军人。

秘书还在收拾车上的文件,问:"彭主席,该带哪方面的资料?"

彭德怀:"温饱,建设——"

秘书以为懂了,但彭德怀说的是半截子话。

彭德怀:"——都来自和平。和平,从哪来的?"

秘书茫然无措。干脆都带。

这是一架低矮到无需舷梯的飞机,彭德怀登机。

## 八

飞机和跑道都就那样,所以机舱内,是搁今天必被轰骂的颠簸。颠簸让秘书"干脆都带"的资料在身边起舞,被剧烈地翻开。升空的震颤中,彭德怀凝视着那些被翻开的忧虑。后来他拿起其中让他印象良深的一份:那是份过期的《人民日报》,照片上的人很模糊,但于彭德怀而言,实在太熟悉了。

那是周恩来九月三十日发表,也被后世反复引用的演说,至今仍可以视为中华人民共和国对待外侮的一个标准态度:

"中国人民热爱和平,但是为了保卫和平,从不也永不害怕反抗侵略战争。中国人民决不能容忍外国的侵略,也不能听任帝国主义者对自己的邻人肆行侵略而置之不理——"

彭德怀在北京某机场下机。

## 九

走进中南海怀仁堂时,彭德怀仍带着从西安乃至北京携来的风尘仆仆,让人很想拍打两下——那肯定会制造出一场小型雾霾。来自泥土,带着泥土,他本人则无意也没空去在乎这个。

与彭德怀的无意于着装对比的,是一位看起来颇为在意边幅的年轻人,中山装熨烫得如同国庆时的军礼服一样工整,便装却尽可能让自己有军人的仪表。他出现于一名警卫身边,站了个军姿却又怕自己被当作警卫——彭德怀目视前方是在想事,很容易视若无睹。于是,年轻人起了半个的军礼改成了问候:"彭伯伯。"

彭德怀没看他,戎马一生,习惯了之前就一眼到底,之后不用再看:"岸英啊。"没下文,就像老辈给诚惶诚恐的小辈点了个头,过去了。

他能感觉到背后炽热的目光,即使转了个弯都还能感觉到,他尽可能让自己感觉不到。

## 十

会议进行中,彭德怀尽量悄无声息地坐到自己的位置上。

某位秘书正在念最近的时事通报:"……九月十五至十九日,近七万美军在仁川完成登陆；二十八日，余数三万的人民军撤回'三八线'以北；三十日，麦克阿瑟访问台湾，据信，美第十三航空队将进驻台湾，这是自六月二十六日第七舰队封锁台湾海峡以来，美国在该方向的最大举措，无论是不是麦克阿瑟的擅自行事，都完全违背了美国政府一月五日发表的《关于台湾问题的声明》；十月三日，也就是昨天，美骑一师、二十四师等三师一旅的兵力越过'三八线'，金日成正式请求我方出兵援助——"

这都是彭德怀早收到的通报，但仍专心听着。他觉得毛泽东正在看自己，但他看过去时毛泽东正在出神，所以，是错觉？

没有任何好消息，而再听一遍，可以说都是糟得不能再糟的消息。所以在座者没有任何好神情。

秘书接着念："……八九月间，美机共九次，计十九架飞机轰炸我安东、辑安、临江、宽甸，造成三十七人死伤；我十三兵团已进入待命。又及，美朝鲜半岛集结兵力已逾三十三万，计入海空兵力则逾四十万。"

彭德怀又一次觉得毛泽东正在看着自己。这回他们对上了眼——不是错觉。

——

北京饭店。"咔嚓咔嚓"，墙上的挂钟声音有些发涩。

被褥就没打开，与初始相比又多了很多的资料平摊在床上。彭德怀搬了张椅子，以床当桌。这时他倒显出戎马风骨了：其一是基本用不着靠背，手扶于膝一溜直的军人坐姿；其二是以床为桌——想把资料尽收眼底时，桌子永远不够大。

因为看了太多次，所以不用再翻看。偶尔会与资料上的麦克阿瑟对视。

挂钟异响了一声，十二点。这让彭德怀皱眉，这年头的钟难得有准，而其职位又让他对时间极敏感。掏出自己的怀表，果不其然，挂钟快了近一分钟。于是凝视着怀表的秒针跳动，直到十二点，而远处传来遥远的钟声——那个是准的，怀表也是准的。

收好表，彭德怀继续沉思与积虑。

唯一能打断这种思虑的是他的怀表，他每次掏出怀表来确定时，精确到秒，总卡在一个准点上。

三点。彭德怀霍然站了起来，与其说是终于下了决定，不如说是觉得必须做点什么。于是拨通了内部电话："备车。中南海。"

## 一二

那种霍然而起的劲头一直延续到中南海菊香书屋。彭德怀匆匆进来。他终于有些发愣，因为除了来给他引路的精神困顿的警卫，还有一个精神抖擞的毛岸英。

毛岸英敬礼，或者说，他终于找到机会敬了个像样的军礼，以及在彭德怀责怪的眼神下，报以一个热切、赧然又略显得意的笑容。

毛岸英："爸爸说，您会来。"

他这就算接替了引路重任。彭德怀沉默地跟上，他的坚决在此刻略显不近人情：因为他不想满足这孩子一直写在脸上的心愿。

## 一三

书案，台灯，纸笔，摊满案面的资料与彭德怀的床如出一辙。不同的是，彭德怀是静坐思考，而这位是通过大量纸笔和纸烟思考，所以多了纸笔和填满了大半的大号烟缸。思考者并不在这。但毛岸英引领着彭德怀经过时，彭德怀却注目了那处书案：毛泽东把夜晚当白天用，他是见怪不怪的，但书案上的内容让他没法不注目。

毛岸英推开一扇门，是个放映间，毛泽东在看一部内参片。放映间光线很暗，并有烟雾袅袅。

内参片正在介绍——

美国与中国的钢铁产量比是8785∶60（万吨），原油产量比是2.6亿∶20万（吨），GDP比是2400亿∶100亿（美元），国防开支比是150亿∶7亿（美元）。美国在"二战"期间生产了8万辆坦克，1400万辆汽车，30万架飞机，131艘航母，大致一周下水一艘航母，平均每小时生产2.2辆坦克，诸如此类的。

世界第一工业大国的景象，让新中国的见证者和创造者们也有些怔忡：真要和这么个庞然巨物直面吗？

他们的影子映射在幕布上，与那些巨型的机械化产物绞接在一起。

毛泽东说："人均寿命三十五岁的国家没有工业，因为人生刚开始就结束了。"

彭德怀："战争，饥寒，疾病。我昨天还在想，仗打完了，中国人至少能有个五十年的人生。"

"遇事不决睡一觉。"毛泽东扔下播放的影像转过身来，"可你没睡，想好了？"

彭德怀："想好了。和平，温饱，建设，人才有得七十年，甚至百年。"

他们太熟，所以毛泽东仍等待着——你没说完。

彭德怀："可是东北，全国七成多的工农业总产量，重整旧河山的发动机。东北不稳，我们只怕还没有三十五年，所以……"

没说决定，但说了动机，动机决定了决定，所以毛泽东轻轻叹了口气："并不想打，为了现在真不想打，可为了将来不得不打。"

彭德怀用一个无言的敬礼代替了他的决定。

门口的毛岸英很想看下去，但这是个懂事的孩子，他轻轻带上了门。

# 一四

长江上的一条篷船上，伍千里单膝跪在船头，这种跪踞是军队的休憩，但他手下轻摁着一个坛子，又像是在祭奠——那是个没什么装饰的骨灰坛子，油纸条子写着：烈士编号××××，第七穿插连，连长，伍百里，淮海。

孤帆远影碧空尽，抑或天门中断楚江开，于长江流域是不定式。所以伍千里和伍百里迎来的，或者说逝去的，也是时雄奇时苍茫时秀丽时险峻。

刚配发的50式尉官服，擦得锃亮的大马靴和托卡列夫手枪，九兵团某七连连长伍千里就是个着50式的解放军，还是收拾成衣锦还乡的那种，可他嘴里碎念的却没有一丝衣锦还乡的影子。

"哥，就到家了，咱们回家了。"伍千里抚摩死者的存身之所，如抚摩生者的肩膀，"遇水你找桥，遇门莫乱进。遇山你答应，隔河你大声。"

那是本地人叫魂的词。和大多数现代中国人一样，他是无神论者，却相信人有其魂，尤其此刻，很需要这种依托。

船老大犹豫不定地在掌艄中观望，这年头见过太多军队，坏多好少，所以50款的伍千里让他畏而远之，可那家伙一口本地乡音，谙熟此地民俗，又让他很想接近。

一块石头砸在他握着的艄杆上，让他所有杂念都没了。

一个身影一早埋伏在江滩石后蹲蹦，如狷狁如山魅。

船老大一径落荒，收拾锅碗瓢盆一溜儿易碎家什："完啦完啦，祸害来啦！军爷你也避一避……"

伍千里不避，但是学着船老大把骨灰坛包裹背束："现在还有江匪？"

船老大："可不是……"

于是伍千里顺手打开了枪套。

船老大惨叫："真不是！就是乡里乡亲家的小王八崽子！拿石头砸你锅碗瓢盆，讨零花！"

这破事，伍千里当年也干过，扣好枪套，忆往昔峥嵘岁月稠。

船老大发出又一波更剧烈的惨叫，因为第二块飞石把插在船头的油灯打掉了——渔户以船为家，这一个可比他刚收拾进篷的那堆破烂贵。千里看得好气又好笑，一石艄杆，一石船灯，这不叫准头，叫神准。

江滩上那位"没羽箭"翻着跟斗打着把式，自以为神气，实则像戏班子里的暖场补漏："刘艄子，冤头债主，小爷这一飞石打的是你跟我爸告状！"

还能怎么着，船老大迅速进入村野对骂的阶段："伍万里，个死剁头的！撑十几年人饭就拉了一泡人屎，还拉你家锅里啦！"

伍万里三字，叫伍千里脸都垮了："那孙……孩子叫啥？"

船老大："伍万里啊！老伍家血霉，哥仨码一块凑不出个人字！大的二的十年前伤了人就跑，老伍祖宅都赔出去啦。刚说少俩祸害，这小的又长大啦！哎哟喂？！"

第三波的怪叫是因为伍千里立马就跳下去了，水花四溅，水性精熟，这水也没多深，没两下就涉江到岸。

猴子们消停了，那确实是群野生放养的船家小子，因为伍千里的缘故，正呈落跑或随时落跑的姿势。

伍千里："伍万里？要脸的站住。"

那个死要脸的就站住，又打憷又得死硬的架势，手上抛着一块石头，肩膀上歪扛着欠揍的头颅，趿拉的鞋皮连着抖得很欠揍的腿。衣服有补丁但洁净，并不面黄肌瘦，而是精力过剩——爸妈显然没舍得亏待最小的。

伍千里看着，一种恍若隔世的悲伤，离家时这货才八岁吧？

千里："别扔了。那啥，不好。"

千里越来越柔和的表情让万里觉得有希望在这一亩三分地更树权威，开抖："有枪嗳？吓死我呀？"

千里："老伍家人吓不死的，不过我来帮你想。"

万里："……想啥？"

千里一个大耳刮子呼了过去："想当年我怎么揍你。"

耳刮子如雷，然后是万籁俱寂。万里眼中的江岸飞速接近，万里在啃地前惊喜又愤怒地大叫起来："千里你个苕儿子！"

## 一五

滩涂上长长一条的屁股脊背印和脚印，前者属于万里，后者属于千里。孩子们稀稀拉拉跟着，有的已经落跑，有的在望呆，有的在哭。

猢狲王万里四仰八叉地被千里抓一条腿拖着。装死耍赖也是一种对抗。

所过之处是错落的由缆绳、木桩和木板构成的土码头，参差的各色木船甚至筏子构成长江边最穷的聚居之地。疍民，在岸上无立锥之地只好常居于船上的人，上千年来甚至没资格入籍。

人们惊诧地看。有人惊诧地跑开，有人惊诧地跑来。万里安之若素，甚至觉得有点露脸，千里觉得丢人。

千里："咱家到底在哪？！"

万里："咱没家啦。咱家被你败啦！"

"有爸妈在就是家，还有你个水猴子——"千里扔了那条腿，冲屁股就是一脚："到底哪？！"

泊在最近那条最破的篷船上，伍十里和妈正撩帘子出来，也是听到伍万里的声音了。

伍十里："又被人揍回来了？这位兄弟……"

伍千里连忙把帽子摘了，一切碍着看清他头脸的全都摘了：这个可真不是您兄弟。

爸爸在发木，妈妈有点晕。

伍十里木木地问："……还有一个呢？"

千里先跪了，抓住还装死的那位，拖成一个平行，再解下背负的包裹，解开，油纸条子对着爸妈——哥仨算齐全了。

千里怔了一会，不知道往下该做啥。但迅速就知道了，对爸妈，怎么也不为过的，于是双手一撑，以额触地，磕大头。他这辈子没磕过这种大头。

爸爸继续木着，妈妈晕了。

# 一六

　　以船为家的好处是，如果怕邻里打扰，尽管把船摇往水深不知处——比如现在。星光璀璨，而邻里尽成滩涂畔的点点渔灯。

　　千里仰头就差不多顶到了船篷，为了在这只能席地而坐的逼仄空间坐下，他已经卸了行囊和装具，于是边琢磨着这个家还边得对付万里——在万里偷偷摸摸，终于够到枪套时，把枪拿开。

　　拥挤破败，几十年不扔的破烂家当全塞在一条更破的船上。妈妈在船头一个铁架子支的土造柴炉上生着火，不知是悲伤还是烟熏的，几无间歇地抹着眼泪，一边还要用旁边蹾着的水浇灭炉里蹦出来的火星。家也仍然温馨，伍十里在船尾别住舻，对老渔户来说哪有鱼窝就像邻里的船在哪儿一样清楚，一阵泛银的波光和网光后他捞上了全家人的晚餐。十里就手把那条最大的鲇鱼摔晕了，然后把中小不等的几条鱼从网上择出来，放了。

　　十里双手合十祈祷："船民子弟伍十里，谢屈大夫赐鱼。"

　　粗疏但恭敬地祈祷完毕，把晚餐交给妈妈开膛洗剥。千里把枪套又挪离万里的手指一次，也把百里的居所挪得离自己近了点——骨灰坛子放在这逼仄之居唯一还算洁净空落的地方，说明大家心里都有他。但爸妈和万里总会把目光绕开，他们还接受不来百里成了一坛的事实。

　　千里："哥，你想了十年的大菜来啦。好好吃。"

万里："嘴在哪呢？"

千里："哥，我撕了他那张给你好吗？"

万里立马老实，千里也瞬间就老实，因为十里回来了，沉重而迟缓地坐下。老伍也不是循规蹈矩之人，倒更像一个没了部落的印第安酋长。

十里："借着打鱼的空我想了想。船民子弟，浪里来浪里死，风中来风中去。老大没了，可老二……全家最能祸害的就你，现在懂做人那点事了？"

这怎么答？千里认真地犹豫了："我……不够懂。"

十里："那就是懂了，好像还有了点出息。网里有才是有，惦记不起就别瞎惦记，所以伍家不是没了一个，是还有两个。是不是这理？"

是才怪。十里一直忧伤地触摸着百里，千里呆呆地看着他的触摸。老头子洒脱？不如说碎成一地了还在宽慰自己。

千里："……是这个理。"

十里把百里推开，千里感受着来自父亲手上千钧的痛苦。

十里："那就是这个理。"

被他定性到沉默。沉默的妈妈抹着眼泪上菜，第一份碗筷给百里，而菜是这个鱼，饭是那个鱼，天生天养细说起来是能教穷人发疯的事情。

千里："我能……我还能做什么？"

"你不能。"十里细想了想，"自己活好。多大出息都回家。"

现在千里是真没胆看他们，因为爸爸和妈妈一起在看百里，看进去就拔不出来,也不打算拔出来。

千里:"我真想……我是说,地会有的,国家会分,房子也会有,我回来帮着盖。"

十里全然不信地惨笑:"贱籍都没得的船民也给地?要阔气了呢。我还以为我穷得就剩儿子……"

瞪着百里说这话,十里这真是在自戳心窝子,并且终于把自己戳哭了。妈妈哭是无声抹泪,十里是哀嚎,再一把连声音带眼泪鼻涕全抹掉。

千里真希望死的是自己。

十里:"……地和房子都不打紧的。可有个事,它真是个事。就剩俩了,你得顾着你弟。"

千里就看老弟,万里慌忙把什么藏在背后,作无辜状。这货正是叛逆的年纪,只要回家就跟自闭症一样——除了那双贼眼溜溜不像。

千里:"我顾他。我当然顾他。"

十里:"活脱就是个找死的螃蟹,横着往人脚下撞。也揍人,可绝多不过他挨的揍。连望他好的人都被他得罪光了。你不顾他,他怕是活不到长出蟹黄。"

只要能分忧,千里现在是真愿意把心都掏在桌上:"不懂事是吧?这么说,您风浪里活出来的明白,我跟老大……枪炮里找着的了然。还有,中国的仗快被我们打完了,他多是都赶不上——您明白我的意思?"

明白,但十里因明白而沉默。百里还就在旁边呢。

然后伍千里被妈妈用一把筷子狠狠打了，打得连叫痛的勇气都没有。

同样是那把筷子，妈妈敲着碗边招呼百里："百里，回家啦，吃饭啦。"

父子俩对视一眼，按说该撇掉是男人就有的那些狂想，可千里撇不掉。

千里："爸，妈，百里和我，不是昨天才懂事，可我们今天才回来，图的是在爸妈老去、弟弟长大前，把不得不打的仗打完。现在打完啦。光看见老大，可你们看看老二呀，十年的仗，不还油光水滑一身好肉？！"

他边说着边撕掉了上衣，那个完好无损的背脊确是个能让爸妈犹豫的保证。而万里一手把着什么，两眼瞠然瞪着，他看的是正向：千里的正向纵横着枪痕和看似刀伤，实则出自弹片的划痕。一个迎头冲、阵前疯，背上哪来的伤痕？

然后，"砰！"趁着千里跑神，万里早偷到了枪，并且都摸索半天了。现在被千里那身伤一吓，直接给扣了。

确定了三位家人都没事，千里扑过去连下枪带揍："屈大夫和咱爸妈就是把你喂得太饱了！"

十里："伍千里！"

而妈妈目瞪口呆，一个仨男丁的家庭，自然不会是因为兄弟打架。千里看看自己胸腹的累累伤痕，真是好极了。

然后十里一个耳刮子呼了过来。往好处想，爸爸的身体相当不错，这个耳刮子劲道十足。

## 一七

毛岸英骑车经过天安门,快到可以称为掠过。他整个人都似乎是站在脚踏板上的。

到了一家服装店,取一件定制的衣服。而后以同样的速度,同样的姿势,掠走。

## 一八

毛岸英骑到菊香书屋,自行车扔给了警卫,拿好刚取回来的衣服后,唤人:"思齐!思齐!"

警卫有点诧异,因为毛岸英从来会打理好自己的一切,不会在父亲思考和工作的地方大声讲话,甚至不会把车骑到这里。

毛岸英真的很赶。他先就走了,成婚刚一年的妻子刘思齐跟上,匆忙中收拾自己——今天得正式点。

有些毛糙的匆忙一直到小径转弯才止住:毛泽东和彭德怀正在前院告别——那两位都是毛岸英的目标,他有些忐忑,以至站在他身边的刘思齐也有些忐忑。

彭德怀:"……决心打赢,但也不怕打烂。戎马三十四年,我不跟你讲必胜这种唯心主义。"

毛泽东："再次建议，你把志愿军指挥部设在我国境内。"

彭德怀："打烂就是敌进我进，敌退我还进，用距离来扯平敌火力优势。绞成一团的烂战，我在后方怎么指挥？"

那是实情。毛泽东也不再说服："防空和防寒我们努力，可你也知道，一穷二白，多少人一件棉衣就是全部家当。"

彭德怀怔忡了一下。这是两人都忧心忡忡的事，如果也曾想过忍让，这两防都是重要因素，后世说钢少（气多），实则所有要用的都少，少到近于零。

彭德怀："既然决定打，那就等不起了。"

毛泽东也同意，诸事早都商议过了，他们只是在最后确证。他终于有暇看了眼儿子：毛岸英局促不安地平托着衣服，这种局促并不是因为父亲。

毛岸英："爸，这是思齐和我给您定做的大衣。"

即使满腹心事，毛泽东也是高兴的："很贵吧？"

本该看着老朋友安享天伦之乐，可彭德怀不得不给打断了——因为毛岸英那双眼睛根本藏不住事，至少在他面前藏不住："我先回饭店。"

并不是赴朝，所以他和毛泽东也就是相互点点头，随意得很，不随意的是毛岸英。

毛岸英急欲上前："彭伯伯我送您。"

彭德怀没言语就走，脸上差不离是写着我不要你送。一向很有眼力的毛岸英很没眼力见儿地跟着。

刘思齐在帮着回答公公的问题："我和岸英一个月的工资。"

毛泽东："浪费呀。"嘴上说着，目光却一直跟着儿子的背影。

彭德怀不说话，毛岸英于是也不好说话，有点尴尬，而且是彭德怀存心在制造这种尴尬。

直到打开车门，将要上车的彭德怀让毛岸英有点绝望："……彭伯伯？"

彭德怀："我知道。"他扶着车门愣了一会："你父亲身边该有人，兄弟仨能陪他的就你一个了，所以你是真不该去。"

毛岸英不说话，也真诚也哀怨地看着，也许对阅尽世情的彭德怀来说这倒是最有效的吧。

彭德怀："……你父亲同意的话。"

他上车走了。毛岸英顿时振作了很多，显然对他来说，父亲还是比伯伯好对付，哪怕这位父亲叫毛泽东。

安静地回去，父亲和妻子正就着衣服在絮语，而就儿子的了解，父亲是在等待他给出个解释。

实际上毛泽东也立刻就问过来了："你想去，都看得出来。说理由。"

毛岸英："我在伏龙芝学的是坦克专业。"

毛泽东："我们没坦克，暂时没有。"

毛岸英："敌人有啊。不懂坦克怎么打坦克？"

对一个辩证唯物主义者来说，这理由太强大了。毛泽东沉默。

已经明朗了情况，毛岸英很懂事地转移话题："爸爸来试试衣服吧？"

他帮着把衣服袖子张开，那很像一个拥抱的姿势。

所以毛泽东没试衣服，而是拥抱了儿子。

毛岸英颇为意外："爸？"

从不知所措，到理解了父亲罕有的情绪流露，安心接受。

## 一九

船扮演着这个家所需的一切，要睡时它就是床，爸妈一头，哥儿俩一头，赤贫，逼仄，安宁。吃完就睡不属于万里的年龄，他瞪着船篷外的月亮，无声地和哥哥争抢被子……是儿时的旧梦重温。

千里气够呛，这年头的交通回趟家能累掉半条命，可他这老弟打算闹他个一夜到天明。干脆就上手搡，压着嗓子吼。

千里愤愤地："睡觉！睡觉！"

怕吵到爸妈，只好轻打，万里是真不在乎："想睡觉？枪给我。"

千里懒得饶舌："拿去。"

万里惊喜："你在做梦。"

万里就想扑上来撕巴，千里一只手生摁住："有动静。"

他们的居住环境一伸头就到了室外，于是篷船上伸出了两颗头。

确有动静：他们在山底的江岸，而半山道上驰骋来一小队骑兵，高擎着火把,通讯是真的靠吼,但也因此满满的杀伐之气。

骑兵:"花红新!花红新副师长!军团指挥部命令!"

此地回声本来就重,蹄声阵阵,人喊马嘶,层层叠叠地传开。

几乎立刻,一个一听就属于军队的嗓门从山顶上轰炸般回应:"花红新报到!"

骑兵:"探亲中止!返回师部!火速!"

山顶传来:"花红新收到!"

火光和蹄声远去,看来他们要通知到不止一个。

千里:"是一个军团的兄弟部队。"他多少知道那代表什么,于是有点茫然。

而万里则是神往,他神往他就要参与、提气。

千里抓起被角把那家伙的纵声长呼给堵了回去。

"别闹。"之前千里还有些戏谑,现在则只剩严肃,"明天我先回部队。"

万里边吐破棉絮边不惊反喜:"带着我?"千里摇头。"你说过的!"

千里答:"爸妈不让。现在我也不让。"他看着山腰上渐远的火光:"因为要打仗了。我们得解放台湾。"

万里不服:"打仗有什么……"

千里把枪递了过来:"……了不起?"

万里立马伸手去抓,然而枪在千里手上耍得蝴蝶似的,他就是抓不着。

千里："就是没什么了不起，才不想让你掺和。百里说，把该我们打的仗打完，傻小弟就做点傻小弟开心的事好了。"他卸了弹匣，检查了弹膛后把枪扔给万里："就一晚上。我真得睡了，明早还赶路。"

万里一把扑住。千里倒头秒睡，这恐怕是他能安歇的唯一办法。

## 二〇

清晨。十里不喜欢被人看到他的软弱，所以船泊得远离船民的聚落。尽管他坚硬笔挺得像根船篙，可老伍家的人自尊心都有些过头。

千里看看爸，看看妈，看看万里。万里在爸妈身后眼珠子转得滴溜的，也不知在动啥歪脑筋。说真的，千里走得有点没脸，昨天回，今天就走，他又没法跟爸妈解释。

千里："立春就回来，帮你们盖房子。"

十里笑得有点讥诮："不急。哪件事都比这个破船要紧。"

千里："这个破船对我来说和新中国一样紧要。"

十里："说话都听不懂了，还不如不懂事。"

千里："万里？"

万里赶苍蝇一样："走吧走吧。"

千里没好气地一把拧住，从万里身上把枪搜出来，在弟弟炽热的眼神中装上弹匣，放回枪套。

千里："我……"

十里拽了妈妈和万里就回船舱，妈妈还就着帘子想再看一眼，十里把帘子放下来。于是千里只好挠着头,对着帘子干瞪眼。

千里道一声:"爸,妈,走啦。"

跪也跪过了,敬礼也不是,千里只好深鞠了个躬,走了几步回头,帘子仍关着,千里忽然没来由地无比哀恸,相比之下昨天都不算个什么。

但没来由也就没有发作的理由,于是千里安静地走了。

十里从帘缝里看着那个沿江的背影,骄傲而凝重,仿如自己以一力撑起整个家的当年,千里感受到的哀恸同样袭击了他。老头吸了吸鼻涕,忽然发现自己泪流满面。

一向软弱的妈妈倒在安慰:"立春就回,这就立冬(其实是寒露)啦。"

看了老二,十里又不由看一眼一向宠溺的老三,嘚瑟了一夜的万里又恢复叛逆期面对家人的死样活气。

十里:"你哥腿太长。你就是窝里横,百步王。老三啊,已经见识过出息,你能不能长些出息?"

万里翻一个拒绝交流的大白眼,像条离岸三天的死鱼。

## 二一

东部某城。说是城市,其实大部分是泥泞翻腾的路面,马蹄、车轮和人足纷沓,有时有路有时没路,城宇的边缘还有炮弹的痕迹,部分甚至是废墟。一九五〇年的中国只能是这个样子,连规模并不大的阅兵都尘土漫天，之前一百年没有基建只有战争。

千里蹭的顺风马车，跳下车，帮着陷住的马车脱困。回家时的衣衫光鲜早就全废了，这年头中国人出趟门跟打仗也没差，所以像爸妈那样的人就没离过家乡五十里地。

这是城市的外围，狭窄到只能称为巷的街道上还算熙攘，行走着零乱的市民和在零乱中仍维持着队组建制的军人。因为情况特殊，后者所去基本是一个方向，全副武装，基本没话，九兵团的装备以缴获日军和国民党军队的为主，陈旧但并不寒碜，因为那是战利品，带着因地制宜的伪装，这让他们还未上战场便已带着征尘。

千里："老廖！廖利民！这呢！帮手！"

廖利民是个背着手风琴的炮兵副连长："七连长啊。"

炮兵们正用畜力和人力在拖带一门日式七五炮，分几个过来，千里和马车眨眼就脱困了。

千里顺便送走蹭了一段的马车："谢啦老乡。我归队了。"

九兵团有着良好的风纪，帮完手之后的炮兵自觉归建，连熟络得不行的千里也只在队列外伴随。

千里："我正找七连。销假，归建。"

廖利民："都在车站集结。"

千里小声问："海峡？解放全中国？"

廖利民答："赶紧的吧。背着炮弹练泅渡，说起来就想死啊。"

压着高兴互相嘀咕时，千里眼角余隙瞥见个熟悉的身影，转头，没啥。

于是他们从偏道拐上了此城的主街，主街完全被调动中的军队征用：九兵团，背着自己戎马生涯的全部家当，连通常的行人道都占用了，自各路汇集，奔流而来，奔流而去。

## 二二

到了车站，已经和炮兵分别的千里举步维艰，因为站台上是一望无际的人和装备的海洋。实在走得匆促，以至临登车才整备，一个步兵占地不多，可他要摊开家什整备就占地很多，以至千里放眼四望，除了人为分隔的通道，看不到一个空闲角落。

四下里回响整备声、报数声、口令声，这支休整经年的部队并未消磨锐气，反而像把保养完刚出鞘的刀。然而却苦了千里——在被占满的视野中寻找特定目标便格外艰难。

千里看着几个卫生兵，他们正拆开自己的棉被，只要棉絮。

千里叹息："可惜了的。"

卫生兵答："医用棉不够。"

历经大战，这其实都属例常操作。而一个声音洪亮到压倒整站台的人潮："立——正！"

之前的些许凌乱一秒钟内消失无踪，几千个脚跟靠拢凝成了一声。一辆敞篷吉普驶来。从千里的角度看，它像是行走在兵潮中的战船，车上站着九兵团司令宋时轮。

比彭德怀更严峻和疲惫，因为在这场仓促应战中他得直面更多——宋时轮审度着他的部下，一如既往，物质上寒碜得让他心痛，精神上让他为之战栗，统御这种军队是幸福又痛苦的事情。

应该说点什么，但一双双忠诚而期待的眼睛又让他觉得没必要说什么。

宋时轮最后将手高举："北上！"

不存在面面相觑，这支军队是令出如山的，会疑惑但不会幼稚，所以顿时响应着山呼海啸："北上！北上！"

在挥动的手臂和枪支的海洋中，军车驶近，又驶远。

千里也是其中一员，正应和间，忽然听见个绝不雄壮反而有青少年之青涩的声音，总之不那么合拍，转头看差点呛着：军工群落里，一个家伙喊出了两个人的动静——是万里，居然还对他挤了个极欠抽的笑脸。

千里诧异得都快爆炸了，可全体立正中，他只能干瞪眼。

吉普车终于远去。

军令响起："各部登车！"

这是雷厉风行的坏处，千里立马冲往那个方向，可第一时间响应命令的部队把他阻住了，再赶到那个位置，啥也没了。

军令声又响起："注意保密——战备警戒！"

于是车站被哨兵封闭了。

队如林行如风，刚还遮没得看不见地面的站台已经空空落落。

千里有点茫然地看着防空哨和警戒哨在车顶就位。

军令声再响起："以连为单位，按车厢编号就位！"

喷射的蒸汽凝固成如有实体的山峦。火车驶动。千里上车。

## 二三

千里穿行于各节车厢之间,寻找第七穿插连的编号。他仍在狐疑,在成垛堆砌的辎重后站住,没多会,某家伙尾随而来,光那个鬼祟又自鸣得意的背影就能让他气结。

抓住,果不其然,万里露出怠懒还自觉有趣的脸。你有多惊奇他就会觉得多有趣,但千里的脸是板着的,没惊奇只有心事,万里很快就觉得无趣。

"别笑,不好笑。我捋捋……"千里低头闭眼,又使劲摇晃着快烦炸了的头:"从说了不带你,就存心憋这么一出?爸妈不知道?你偷跟着我?"

万里点头,点头和点头,"快来夸我"似的几近雀跃:"当兵的说军工赶紧登车,我就上来了!"

千里:"……怎么想的?你到底在想啥?!"

万里:"我要替我大哥报仇;我要二哥看得起我;我……嗯,没了。"

千里又好气又好笑:"你要把二哥揍你的全打回来。"

万里倒也光棍:"对。"

千里决绝地说:"我知道怎么是对。别怪我。"他拽着万里,冲向敞式的车厢连接口,打开车门。狂风和比风更猛烈的呼啸而过的景物让万里惨叫。

万里大喊:"哥！二哥！"

下一节车舱门上写了个大大的"柒",第七穿插连,可现在顾不上了。

千里死死揪住万里,看了下车速:"……好像不快。"

他是真打算把万里往下扔的,现在他确定将面临一场老兵都挠头的仗。

万里:"很快！很快啊！会死的！"

千里:"不一定会死,好过一定会死。"

可车厢顶上的哨兵已经过来了,狐疑地审视着。这次入朝的保密工作都做得很好,车顶架着的机枪警戒着铁路沿线,基本是上了车你就别说下车。

千里犹疑了:"……可扔你下去,会有一个被当成特务,会开枪。也许俩。"

万里惊呆:"啥？"

哨兵喊:"七连长,新兵也不带这么练的。怎么还没换装？"

"就换。"千里放弃了,把万里拽直,但无论如何没法把这歪瓜裂枣拽成一个立正:"你歪打正着,我后悔终生。"他恼火地抽了自己两耳光。

万里问:"你抽自个儿干吗？"

"因为该抽。"他把万里扳正,对着那个"柒"字:"老三,这十年,大哥和我,没家,可又有家,推开门,就是我们的第二个家。可我真不知道它该不该成你的第二个家……那真是有点对不起爸妈。"

万里："你说啥？"

千里："……该说的是，你懂啥。"

万里继续蒙，看哨兵，哨兵居高临下笑吟吟地伸出大拇指——他以为是战前教育。

千里命令道："现在推开门。"

万里推门，没推开，使劲推，没开。

门里粗野地提示："死踹！"

千里："就是往死里踹。"

万里看看千里，往死里一脚踹，然后就被扑面而来的人声和热气给席卷了。千里把他推进去，看了眼那位哨兵，关上门。

## 二四

七连烟火气很足，一路打下来，能活着并在服役的一定是老兵——很多是已经不习惯平和日子的老兵。只要有瓜子，老兵能嗑着瓜子数身边的近失弹，所以尽管临战而且是敌方都不明的战，第七穿插连宁可把心思用来补袜子，因为真开打，一双舒适的脚绝对比患得患失更具实效。

这几乎是七连从连长伍千里到普通一兵的共有气质：一种平平淡淡却又不失轰轰烈烈的实用主义气质。

千里刚关上门，冷风与热气还在交锋，余从戎就人形蚂蟥一样扑上来。

余从戎喊道："连长回来啦！我们又是有连长的人啦！"

千里一脚把本连战斗骨干、投弹手余从戎踹到门边："堵上！漏风！听到风声，紧着赶回来了。"

雷公死样活气表示欢迎："没你不少，有你，也就还好吧。"

余从戎打诨道："坏老头子这就算拍马屁了！平河，你也赶紧拍个马屁。"

万里缩在门角冷落着，也眼热着，眼热军伍汉子无分彼此的熟络，也眼热一看就比手枪厉害得多的步枪、机枪，以及一种陌生感：

这节闷罐连人带装备塞一个连绝对算挤的，所以沿着车厢两壁纵向铺开的大通铺都是三至四层的立体，这让投过来的各种目光也成了立体。满眼横陈着被褥、枪械、背包绳做的挂衣绳，睡着的，或者没睡而往这边打量的人——这么早就睡是因为躺着比站着省地方。车里头烧了个煤炉子，再加上人越多越暖，已经到了热的地步，所以没几个穿得住正装的，满眼大光膀子、褡裢、夹袄、背心、衬衣、肚围子，年轻的强健的躯体，以及躯体上的战痕，一个五湖四海的一九五〇年中国男式内衣大全。而打多了仗的人眼神不一样，那些目光把万里刺激得像被啄了的小公鸡。

炮排长雷公，须发半白，一脸挑事样的半老头——带着那种后世里坐在传达室找碴，很能刷存在感的糟糕气质，踞着个能固定在长凳上的手摇砂旁轮打磨一把德式工兵铲，旁边各型刺刀、柴刀、砍刀、开山刀排着队——他怨声载道地包干了全连的活。

余从戎，光从名字看就是翻身解放把歌唱的主，擅长使用手榴弹和冲锋枪，有个非正式名目曰冲锋兵。很需要英勇的他却有点猴形猴相，没说笑时就准在寻找新的笑话和滑稽。他之前在帮忙摇砂轮，后来在打诨，现在在忙着用破布堵门——所以得死踹。

平河，一条平和到看似木讷的大汉，即使在现代步兵中仍是火力核心的机枪手。为了靠近那一老一猴，裹着被子移驾到地板上——因为那儿离他的朋友更近。他套了个拿旧衬衣撕出来的背心，他那挺 M1919A6 弹链式通用机枪搁在身边，是最让万里眼热的，可手里却是长针粗线，细巧而专注地对付手上的帆布玩意——他在缝制专属于余从戎的携具，后者哪一战都披挂着十几个手榴弹，制式携具根本不够使的。被余从戎点到就憨憨地点点头，这就算马屁了。

千里："这个比新还新的兵，待会再登记入册……先交给炮排。"

雷公："我排真不缺补充兵。"

千里："也姓伍。伍万里。"

众皆哑然。千里和雷公对视了会儿，老头眼里的内容甚至比千里更丰富。

雷公："疯了吧？这点工夫能教他啥？"

千里："教他活。"

他感觉到一道目光，抬头看见车厢那头他本没指望看见的人：指导员梅生，全连唯一有假衬衣领子和袖套的精细上海人，现在他正穿戴着他的假衬衣领和袖套，用奇怪加责怪的眼神看着，然后转身走了。

雷公："你是想问梅指导员不是复员了吗？"

千里："所以我玩命赶回来。"

余从戎："他也说连长不是去省亲了嘛，所以蹬了三百华里的脚踏车，重新入役。他老婆追了一百华里。"

"我去商量点事。"千里跟雷公,也包括这几个老兵哈哈腰,"教他活。往死里教。"

千里走了,留下万里和人面面相觑,门前狂、百步王,刚开始的怯场迅速褪去,万里的眼神里带上了蔑视和敌意。

用弹药箱和辎重在车厢尽头隔出来的小空间就是连部。不是搞特殊,干部商量个啥总不好全连旁听。千里那半拉和大通铺一样,都是帮全副家当穿身上的鲁货;梅生那半拉则大不一样,作为全连唯一有假衬衣领子和袖套的精细上海人:凤头牌自行车、有支架可支成桌子的小皮箱、浆洗干净装得还见棱带角的军用背包、分门别类挂好的军装散件……把他那角落点缀得琳琅满目又错落有致。整洁成这样的家伙集体生活本该落落寡合,可梅生偏就讲究着还能分外合群。

梅生正在放正女儿的照片,在这事上做爹的永远有强迫症。

"早知你会赶回来我是何苦?正在家教女儿四加四得八,就看见报纸啦——这是要打,没连长啊,我就归建了。"梅生真心气恼着,"我女儿四加四现在还得九,掰手指头她也不至于啊!"

千里看着以为阔别甚至永别的搭档,心事重重但满心欢喜:"被老婆追了一百华里?"梅生很难轻描淡写地轻描淡写着:"本能骑两百的,可她边骑边哭,太耗体力……别闹!侬脑子瓦特(你脑子坏掉)啦?"

千里跳到梅生背上,用很不连长的方式表示喜悦,然后被梅生摔在铺上。

千里被摔在铺上:"我没数啊!你回来我就有数啦!"

梅生说:"你是没数,你那老弟看来更没数。伍千里同志,你要看报啊,有个一星期就能造艘航空母舰的国家封锁了海峡,我部对台计划搁置,所以北上北上,我们是第一预备队。你牵头瞪眼小山羊回来……比以前多十倍的炮弹和炸弹,我大概说少了。"

千里瘫在梅生的铺上,顿时把纤尘不染揉成鸡窝。梅生青筋暴跳地忍受。而千里看着梅生精心布置的照片——笑得能让成年人忘忧的小女儿。

千里:"老梅,你有觉得欠家里人吗?这辈子还不清的欠?"

梅生看了眼女儿,没吱声。

千里:"我欠到不敢回家,可我想回。回了家,我跪了,我磕了,可我欠更多了。所以……我的傻老弟,我后悔了,可我又不后悔。"

梅生:"我听懂了。"

千里:"他什么也不懂,可他选了。他选了,可他什么也不懂……跟我和百里当年一样。他已经错过了上学的年龄,我假公济私,把他放在炮排,靠后点,因为我不能再把他赶出七连这个学校,老兵也许能教他做人……"

梅生:"我觉得,你把他放一线那叫大义灭亲。"

千里傻笑。梅生与百里同任,于是在梅生面前,千里比万里也大不到哪去。

然后他们听到车厢那头的喧哗,毫无疑问是殴斗,以及万里愤怒的咆哮。

千里:"我怕是真该大义灭亲。"

万里扑上去，但余从戎是游刃有余到不跟他好好打，闪开半个身位，以屁股怼屁股，万里一头撞在车壁上，痛就算了，丢人啊。

于是进入狂暴的王八拳阶段，也就能让余从戎感受到拳风。后者猴形猴状的灵动至极，时后脑拳时侧肋击时踢屁股，他觉得不重，可就万里的村斗水平，真觉得不轻。

余从戎："再给你认个人头——我余从戎，第七穿插连，冲锋兵。不懂啥意思？说声冲，我前，我后，我左，我右，全是想我死的敌人。就这意思！"

万里压根没听，雷公在磨刀不是，他到地上抢刀。

雷公一脚踩住，干巴老头，可真拽不动。

雷公："脸是自己丢的，脸是自己挣的。"

余从戎："再教你认个人！炮排长雷公，没人敢惹的老恶霸。为啥？连你俩哥都是他带出来的兵。枪林弹雨里拉扯着你活下去的人——你当雷公是说他那几门破炮？是他不肯我们叫他雷爸雷爹！"

万里放弃，空了手扑上去，可余从戎拿平河当掩体。那位一边看着一边忙活手上针线的，被波及也就是伸只手挡挡。反而被余从戎抓住手一拖，往平河身上就倒，平河一只手把万里扶住了。

平河："行了。好吧？"

万里："缝你家破奶罩去！"

平河在缝的是余从戎专用的手榴弹携弹具，看看，一笑："还真像。打不过就不打了，好吧？"

戳心窝子了。万里闭眼抡王八拳："别挡老子拳路！"

自然没少挨，可平河也就拿手护住个头脸，他甚至没站起来，毫无情绪地安慰："打到了。痛了。真痛。行了？好吧？"

余从戎忽然现身："小万里，俺在这！"

万里睁眼，对着近在咫尺的余从戎就来了个满脸花。于是平河脸色不太好看了，往起站，站至半途把万里一把推出："亲墙。"

万里就亲墙，恨不得在车壁上贴成个"出"字，满眼金星地把自己撕下来。平河一只手提着半拉裤子，他就没系裤带；余从戎捂着鼻子笑得打跌。

余从戎："再认个人头。平河，拿重机当轻机使的主。人和枪都是我在淮海收的，这也叫生死交——你打他他乐，你打我他急。"

平河："不急。裤子都被你打掉了，行了，好吧？"

能端着通用机枪跑全场的绝不是小个子，满脸息事宁人下是这时代中国人少见的虬结肌肉，万里有点憷："有本事你……"

余从戎继续挑衅："两只手？"

可也是，平河全程一只手，万里噎了一气，还要脸就冲吧："你们一帮天灾人祸的玩意！"

一只平伸的巴掌顶在胸膛上，把他整个冲势都止住了，不是平河，是千里。

梅生做作地咆哮——其实没怒，老兵都不是乖宝宝："这是哪？我跑错车厢了？"

满车厢喊："第七穿插连！"

梅生也喊："这不是七连！"

千里连做作都没有，笑吟吟地说："解释。指导员要解释。"

万里大喘气："我我……我打死他们！"

雷公："我教新兵。"

余从戎："我捣乱。"

平河："我的错。"

千里："平河说。"

平河："雷排长，余班长，给伍新兵介绍七连。雷排长说，欢迎啥的，七连不见面说，战场上说。先长点你没有的见识，再看看鬼知道你有没有的胆识……"

千里："太对啦。"

万里："他扁嘴咂舌老酸萝卜似的！"

雷公扁嘴咂舌摇头叹气，确实是一股子能把人促狭死的不好看。

平河："伍新兵说一张老嘴一泡口水，就剩嘚啵的老不死……余班长不干了。"

连还想维护着点新兵的梅生也不好说啥了。

万里："我还问我大哥怎么死的，他们说没我事！"

气氛一时很微妙。万里要懂点世故，就明白他触到了某个敏感点。

千里："军装有吗？入连仪式。"

梅生："现在？"

千里："入连仪式。"

# 二五

在意传承亦在意效率，仅仅是在车厢里清出一小块，用弹药箱叠成了小平台，平台上放了一支战痕累累的三八枪、一柄长柄手榴弹、一个红布剪的小五星（别的标识物都上交了）。

换上了军装的万里眼热着那支步枪，身后是部分战斗骨干的一个横列。军装能让人板正的定律放这儿不合用，他已经七扭八歪了太多年。

千里："伍百里同志是怎么牺牲的？告诉他！"

从梅生到余从戎全都愣住，入伍仪式中没有这出，但这时说出的话就是仪式。平河默默地想往前站一步，被余从戎悄悄拽住。

梅生试图打断："伍连长？"

千里："他叫伍万里，我叫伍千里。千里没法跟万里复述百里的功绩。哭会分神。余从戎！"

"复述"让所有人都松了口气，余从戎出列，这是场持械进行的仪式，所以他行的是扶枪礼，除了队首的梅生和不在队列的千里，所有人都行的扶枪礼。

余从戎语调庄严，态度尊崇，因为他确实在复述："第七穿插连，第六任连长伍百里，于淮海以寡势兵力，主动破击重敌。身被十弹，沥血而战，连克敌坚堡群。"万里蒙着，而人们听着，行文公事，可他们都是经历者。

七连的仪式上是连长和指导员交替问话的，所以现在是梅生问："他倒下后我们做了什么？"

余从戎："他帮我们找出了攻击方向。那一仗七连折损三成，可击溃收编逾我六倍之敌。大部队到来时，宣称能挡我军一年的碉堡群就挡了我连一个昼夜。"

伍千里："我们为什么总这么大伤亡？"

余从戎："因为我们是第七穿插连。我军前沿是我连后方，敌军后方才是我连前沿。穿插迂回，分进合击，七连的大伤亡换来我军的小伤亡，还有，这是胜利，这就是胜利。"

梅生："听懂了吗？第七穿插连第677名士兵伍万里。"

万里晕乎乎地把周围望了一望。不能说听懂了，也不能说全不懂，仪式本身就是这样的，跟你心里埋个种，时时想，慢慢长。

伍千里接着讲："你觉得哪有那么多？是没有。车厢里现在就一百五十六人。可七连是把伤，把亡，把只要以第七穿插连之名生死与共者，全都算上。"

梅生："因为我们是穿插连，我们最好的武器就是我们，我们就是打出去的子弹。我们记不住打出去多少子弹，可我们得记住我们，也只有我们能用我们的方式记住我们。我是第七穿插连第135名士兵梅生。"

雷公："第17名，雷睢生。"这数字很感伤，因为他见证了最多的逝去。

余从戎："305名，余从戎。"

平河："623，平河。"

伍千里："162，伍千里。还有161，伍百里。伍万里，你是第七穿插连的第多少名？"

伍万里张口结舌，刚说过，但信息量太大，忘了。对新兵这其实是常态。

梅生："再说一遍，你是……"

千里阻住："不用再说。都别说。他记得就记得。"

梅生只好略过："伍万里，我们希望……"

千里抢道："这个我来说。伍万里，我们不希望，对你也没期待。"

梅生也抢道："伍连长！"不是连续被打断的恼火，而是你他妈的别太伤人。

千里："恰好是爸妈的希望，你成了这样。你不想像他们。你知道不想怎样，又不知道想怎样，所以真要认定了，你就去做——只是记住前边说的。"

梅生："这算什么？"

千里："一个蛋，打外边敲开，就剩煎炒烹炸。里边自己啄开，鹰隼麻雀，掉地冲天，它能成活。仪式结束，现在宣布处分，原定授枪取消。伍万里同志，寻衅滋事，无组织无纪律，直至解禁，你没有自己的枪。"

第一个跳起来的反而是雷公："这兵我怎么带？不给枪你还放支枪？孩子眼里都伸八只爪啦！"

千里："这货皮厚，不扎不痛。"

实情是万里真是为支枪一直装乖，顿时爆了："我不干啦！见面你就想赶我下车！不，你干脆是想扔我下车！我我我……"

这车里还能腾出点空的也就上下车的侧舱门边，于是也是他们的仪式点。万里从不缺"虎"，一下把一侧舱门拉开了，他是真想往下跳的。

但另一列正与他们错肩的军列，带着飓风和蒸汽、军人和装备，就万里的视野,一个贴脸的距离,咆哮来去。

连万里的喊叫都被堵回嗓子里,呆呆看着。

平河把他猛拽回来,梅生顶着风关上舱门。狂风让刚才的仪式现场一片狼藉。

千里:"给你看七连,可你就看见支破枪。回头,万里,那有比七连大得多得多的好看。"

万里还惊魂未定中,被千里推到对过的气窗——

日暮山关,峥嵘直至无限,长城。

整个地,万里算是就没平静过,从懵里懵懂,到热血沸腾,到怒发冲冠,到现在的惊艳——不只是惊艳,是灵魂震慑。

千里:"好看吗?离家就没超过五十里的小子。"

万里呓语般答:"好看。"

千里:"好看你就杵在这。明白祖国,明白七连,明白你自己——自己最难明白。直到天亮。这是对你擅开车门的处分。哦,还有这个。"

他掏兜,掏出只金龟子,已经用线系了腿,所以不碍那家伙小半径飞行——古往今来孩子们求之不得的玩具。

千里:"刚抓到的。做连长的还不能给你枪,做二哥的倒是能给你这个。小时候你最喜欢了,现在你也就合适这个。"

他把线头系在万里的扣眼上,万里的身边立刻一团金灿灿的,而千里回头走开时遭受了全体的白眼。

雷公:"你把人辱绝了。"

梅生叹息着让大家散去:"他的老弟。"

## 二六

旭日挣出山峦,山峦雄关万丈。

防空警报。

车厢里人足纷沓。跳下铺,抓起武器,赶往各集结点。

挨罚的万里头顶车壁,居然还在睡——站着睡。金龟子绕着他飞来飞去。

雷公扛着几支枪跑过来:"起!起啦嗨!打啦!打啦!"

四下已经密集响起枪声,万里睁开眼来便直接蒙圈,然后一支破三八式步枪塞到他的手上。

雷公自我安慰:"你没枪,可没说不能碰枪。打完收回。"

万里现在没有拿枪的喜悦,只有临战的张皇。随着大溜在打开的舱门前构筑射击阵地时,也就他一人张皇。

五颜六色的气球迎着晨曦被放飞,它们来自在操作氢气罐的团直。

然后被车顶的机枪手和各舱口的射击阵地打掉。这种连高射机枪都欠奉的防空演练并不实用,但至少让部队有个准备。

平河那挺弹链式机枪在一干捷克和歪把子中堪称凶残,可他停火了,放任最后一只气球飘入山峦。

梅生发急:"打呀!打呀!"

日常憨厚的平河现在有点细腻与怔忡，他出神地看着，而梅生也顿悟了。

梅生："飞吧。是挺漂亮。"

枪声渐渐稀落下来，它已经飘出了机枪射程，最后只有一支老破枪还在厚颜无耻地徒劳，那动静大家耳熟能详：三八大盖。

万里的射击笨拙到让旁人都能臊死：磕磕绊绊拉不上栓，拉上栓还夹到手，然后一溜歪斜徒劳开那么一枪。他一支步枪居然还要余从戎帮忙装弹，而对着机枪都放弃的目标丢人的也就他这么一支步枪。

雷公认真地苦恼着："你还真是没枪胜似有枪……可我昨晚梦见你把炮弹倒着装，报销我一个班。"

余从戎常规打诨："小万里心真大，他在打太阳。"

于是在万里心急火燎的欢送中，那只气球安然飘飞天穹。

# 二七

军列停驶，成为在蒸汽喷涌中渐渐沉静的庞然巨物，后来，远远近近的斑驳残雪和低温，让蒸汽都仿佛凝固。

作为最靠近鸭绿江的中方车站，它已经军事化了，但又没那么外化：堆栈的物资、装备和警卫多在室内和紧急搭就的风雨棚下，或者用白布覆作与雪地同色。美国是有过不飞越鸭绿江的说法，但实际上丹东都被"误"炸多少次了,中方于是一直很在意对空隐蔽。

骑马传令兵驰过军列,通知各作战单元:"车上待命。连主官来领冬衣。"

于是满载的军列,只有稀疏的走动,甚至会被当作空载。

万里悄悄下车,把那些圆滑的、投掷阻力小的石头子儿揣进口袋。他冻得缩手缩脚,跟他绑一块的金龟子都冻得飞不起来了,吹口气也就意思一下。这让万里有点落寞。

"你整啥呢?你咋整的?"

此站的调度员半愤怒半纳闷地跑过来,一件半旧的日本军呢大衣披在身上,整个右手的袖子空荡荡飘飞,东北口音又急又密:"车上待命知道不?别下车知道不?一条狗瞎嘚瑟累得一战壕人挨炸知道不?关你两天禁闭知道不?……"

万里没搭理,掉头就走,那身华东版棉衣却吸了人眼球子。

调度员一把抓住:"站住!"

万里回身一把推开,撒丫子跑。调度也死心眼,就追。

万里倒不肯跑了,手一甩,石子砸在调度脚下钢轨上,力道大得都冒火星。调度员站住。

万里一手抛着一块石子:"天落馒头狗造化,捶不开的核桃就欠砸。右边轨。"

神准。准到耿直的调度员顿时就翻了:"你哪拨的?没见过这样的解放军!"

万里:"右手。"

右手是空袖子。准到那边跳脚："脑门子！给你这脑门子！"

万里倒还不至于："左……"

一个巨大的包袱飞了过来，把万里砸得贴在车皮上。是绑扎在一起的几套防寒服具——千里和梅生领服具归来。

"亲墙。"千里就手把万里从车皮上撕巴下来，搁臂弯里掐着。一边是老兵方式的问候："他冻傻了——手哪丢的？"

调度员答："锦州。"

千里敬礼，却并不肃然，这是军人方式的套近乎："老兵，抱歉。"

调度员有点悻悻："拉倒吧。我输傻咪了那拨的。"

千里和梅生都会做人，两人敬礼："双份抱歉。"

调度员顿时感动得哗哗的："没事啦，没事。可别掐死个尿的。"

千里说："我弟。我们哥俩好。"

调度员颇为大度："哦，那随便。随便随便。"瞧着那几个上车他倒又想起来了："呀？！等会！这事闹得！你们过江？"

千里瞅眼梅生，回得油滑："不知道。"

调度员捏着千里的棉衣——他之前就是要捏万里的棉衣厚薄："装吧就。不顶事啊。那边是高原！盖马高原知道不？你们这啥玩意？没棉衣？"

千里："这就是棉衣。"

调度员："这他妈蚊帐！"

有一种东北人是直爽到没头没脑的，比如说这位。他噔噔地就跑走了。千里看看梅生，尽在不言中。

梅生把冬装捡回来。那是不可能够七连战士用的："这都是东北挖地三尺的家底啦，你倒说有什么不缺？你得想……"

千里："军人。任务。时间。"他琢磨胳肢窝下被他掐没声了的万里："非战斗减员都俩肺炎了。你倒是给我凑个仨啊？"

梅生："别当我听不见。"

汽笛长鸣，催促登车。

千里把万里的石子都掏出来扔掉："这是给雷公、平河还有余从戎预备的？"

万里："才不砸老头子。"

千里："骑驴数驴，忘了我。"

万里："等着，你等着。"

梅生视若无睹地一块上车：真不想看老伍家日常。

# 二八

车厢里很安静，装备放在铺上，七连在各自的装备旁边。他们已经进入临战状态。

列车在晃动中开始行驶，然后外边传来喧哗——在这片肃静中它实在是很吸引注意。

中舱门没关，所以他们看到那个独臂的调度员、各路员工，也许还有家属，一帮东北人，追着他们这节车厢喧哗吵闹：

"就这车厢！就这车皮！"

"就是他!就是他们!"

千里愣怔,把万里揪过来:"你掘人坟啦?"

梅生身先士卒:"老乡们别冲动!有话好好……"

东北人莽啊,"扔吧,赶紧的吧",吵吵着,就给他打断了,往下中门口几个齐齐一缩脖子,巨大的"暗器"就砸上来了:

比板砖可大多了,是调度员那件日本军呢,把万里罩了个兜头,然后棉衣、棉被、棉猴儿、围脖、手闷子、皮毛……东北那旮旯用来保暖的一切。

扔的不光是手上捧的,边扔还从自己身上扒拉。

梅生快吓蒙了,就军规来说,这比揍人狠啊。人扔上来他就扔下去:"革命军人个个要牢记,三大纪律八项注意!第一,一切行动听指挥,步调一致才能得胜利!第二,不拿群众一针一线……"快被埋了的他终于咆哮:"你们倒是帮忙啊!"

千里帮忙,一棉衣甩出去让刚挣出来的梅生成了落网之鱼,然后被条飘飘扬扬的红围脖缠了满脸,简直"战五渣"*。

梅生:"你故意的!"

千里:"他们才懂这里的天气。"

梅生:"他们扔上来的是全部家当!"于是他一个人孤军奋战。

千里看了眼万里,万里拿着那件日本呢在发呆,他看的方向那位调度员已经脱得就剩个短袖了,半拉残臂挥得跟全臂似的。

千里:"万里,看呐,比长城还好看的好看。"

---

\* 缩略语,战斗力只有五的渣滓的意思。

万里看着——生得挺文静的小媳妇往地上一坐,吆喝旁边的大汉帮忙脱裤子,连带一通踹。踹不是抗拒,是帮忙脱裤子。红围脖就是她的。

小媳妇:"大老爷们脱女人裤子都不会啊?你倒使劲拽啊!"

千里:"好看吗?"

万里:"好看。"

千里:"小媳妇是挺好看。"

万里:"我不是说小媳妇!"

千里笑笑。

万里:"……小媳妇也挺好看。"

# 二九

梅生很悲情,一侧鼻孔里塞着个纸卷,中门没关,身边堆着老乡们扔上车的防寒物,梅生看着车来的方向,泪目。

余从戎:"是日,第七穿插连指导员梅生达成第一例战斗损伤。被手炉子砸烂了鼻子。对手:东北老乡。"

千里趁热乎在众人中传送着那件凶器:"这哪个缺心眼?我上哪儿找炭去?"

梅生就没搭理他们,作为七连离文化最近的人,他现在惆怅得很,看着原野上稀落着还在冒烟的弹坑,以及散落在田间的残骸,不是没有伤亡。

梅生："看见没？来自美国三番五次的误炸。我们渴望棉花粮食和水泥，可管够的只有炸弹。这片土地是立国之本，可它被践踏时万里都还没出生。这片土地上的人挨饿受冻也要给我们温暖……我想起一句诗——"

前边大家很有同感地听着，最后一句大家立刻各有各的忙，七连，连千里都觉得自个儿和那玩意无缘。

但梅生已经进入某种心境：

"——而这样的路是无限的悠长的
而他是不能够流泪的，
他没有流泪，因为一个民族已经起来。
在群山的包围里，在蔚蓝的天空下，
在春天和秋天经过他家园的时候……"

（穆旦《赞美》1941）

列车的驰行让原野和视野中的硝烟逝去，这种逝去变得越来越缓，最后它在减速制动中徐徐停下。

蹄声。骑马传令兵在通知："各单位下车。轻装过江。"

## 三〇

部队从各车厢里像漫出的水，再凝合成一个个铁的块，并且在同时就开始了行进。细碎的脚步声是主流，轻微的报数声则很罕见，他们尽可能地减少动静。

千里堵在七连的必经之道上，身边来自老乡的防寒具让他像个摊贩，而挂在颈上的红围脖又让他像个路标。

千里吆喝："大件三人一件,裤子棉衣算大件。小件老子酌情发放。"

余从戎满身手榴弹挂得像棵果树，还嫌弃扔过来的棉鞋套："轻装啊，轻装。"

千里："轻装。不是轻骨头。"

余从戎："你开店要被人打的，我跟你说。"

千里："滚。"

炮排多辎重，所以过来的万里像头人形骡子，恨恨地瞪千里一眼。千里没搭理，把一副手闷子扔给雷公。后者正忙着捡万里边走边掉的零碎。

雷公："有驴脾气没驴本事！算了算了。呔，休走！"

前句说的万里，后句喊的梅生：刚跨上脚踏车没蹬两步的梅生被拽下来，他的宝贝被征用了。

梅生一边往车上可劲加负荷一边抱怨："压坏啦。真压坏啦。"

千里看着老弟的背影，也看着军纪俨然又小动作十足的七连走过，就手分完最后几件，最后一副耳罩子他扔给了平河，也没管那位感激到茫然的神情，拍拍手追赶他的连队去了。

身后传来悠扬的手风琴声，某首耳熟能详的曲子。千里回头，廖利民那帮真正的炮兵聚在平板车上，他们和他们的炮都没下车，于是只能以琴为别。

梅生："没办法，他们跟不上我们的行军。"

千里:"我们得把六十毫米迫击炮和掷弹筒当成炮兵。"

两个人都知道没有炮兵的仗会如何艰难,一边说着忧心忡忡的话,一边向无法参战的炮兵兄弟绽放笑容,反倒是廖利民他们毫不掩饰自己的忧伤。

挥手,追赶已经远去的部队。

## 三一

晚上,队伍来到鸭绿江大桥。

几千个脚步在轻微而又震撼地齐响,几千支枪械在几千个肩膀上往一致的方向晃动,几千个均匀有力的呼吸在夜色中荡漾。

前边是高耸的钢梁,这支队伍的先头已经踏上桥梁。

但是万里像快溺死一般使劲吸进空气,身处其中的方队在他眼中已经成了旋转的重影。近半负荷已经分散到了梅生的车上,可他哪经历过行军?

平河:"看月亮。"

万里麻木地看月亮,被汗渍成一团的黄色:"干吗?"

余从戎:"想你哥,想爸妈,哪怕你那只屎壳郎。反正别总惦着腰腿上痛得想割掉的那几块肉。乖乖,这背包绳,要做吊颈鬼吗?"

平河帮他扯松胸颈上的五花大绑,垫了块毛巾。

于是万里的世界恢复了原本该有的样子:几千个脚步并未刻意整齐,但是绝对划一。几千个呼吸匀净得让万里安宁,应和着脚下钢盘水泥的轻微震颤。千里背着全连仅此一支的 PPSH-41 冲锋枪走在队伍侧前，眺望钢梁外皎洁的月亮和蓝黑色的夜云。

万里："鸟。"

余从戎："哪有？小万里又说胡话了。"

平河张望万里看的那个方向，然后很生硬地答："B-29 轰炸机。"

他可能还在后悔，因为他平时的表现绝不像有这份辨识能力，但他不是第一个发现的，防空号已经在很远的地方吹响，再被各单位主官用各自不同的方式传达，譬如七连就被千里的铜哨和梅生的口令双重传达。

梅生："熄灭灯火。急速前进。"

火把和数量稀少的电筒全部熄灭。呼吸和钢梁水泥的震颤都剧烈起来，包括七连在内的整支部队仍保持着队形，以队列允许的最快速度冲刺行军。这不是亡命，要疏散你也得过桥再说，而一窝蜂撒丫子效率绝不如此时的有序。

这并不是短程。刚调匀的呼吸又混乱不堪，万里跑得眼里充血，但忽然又松快了些：余从戎和平河一人一只手，拖着他。

然后来自空中的引擎轰鸣声把呼吸和脚步声都淹没了。这不是一两架飞机，也不仅是 B-29，而是包括护航机、战斗攻击机和轰炸机在内的一个完整机群，黯淡的云层中那些远程轰炸机若隐若现，因为速度缓慢又体形巨大，它们不像在飞行，倒确如其名——飘浮的空中堡垒。

迟缓又尖锐的呼啸又压倒了引擎，然后是压倒一切的爆炸。队列仍保持着，在比桥面高出两三倍的水墙中奔跑，水平投弹就是一整串地犁地，所以很快就犁到了他们正奔向的桥头，那是天崩地裂的土浪和火山，从万里的角度看去几无间隙，所以他的感觉是整支部队正在奔向必死之地。

平河："余从戎！"

余从戎："明白。"

万里还没搞清明白啥就被放翻了，身上的负荷全被余从戎卸走，而他稀里糊涂上了平河的肩——敢情是嫌他太慢。

于是平河一肩机枪一肩万里地开始奔跑，而万里也换了个角度看七连向着爆炸狂奔。有人被弹片击中，倒下，但立刻就被战友架起来，狂奔。

## 三二

终于来到了鸭绿江大桥靠近朝鲜的一侧。部队在挨炸，绝非那种鬼哭狼嚎似的挨炸：他们冲出桥头，就立刻分散往两翼，不阻止后边友军的道路，并且连疏散都保持了队形。有白布的拽出来蒙上，就势让自己没入斑驳的雪地，没白布的则伏倒在斑驳的土地上——干沟里、丘陵间、焦树桩旁。

平河在奔跑，万里在他肩上颠簸，在颠簸中呆呆看着眼前的残垣：曾经是伴江伴桥的聚居之地，现在则是被炸了一遍又一遍的残垣，犹如月球的表面。

然后他被扔了下来，扔在雷公旁边——雷公正在掏出一块白布。

雷公:"谢了啊。"

平河摇摇头,走两步就瘫在路沟里揣气儿去了,全副武装加扛个人跑了小一里,他也够受的。

雷公:"趴近点!莫嫌老来丑——这破布盖不住两个人!"

万里开始尖叫。

雷公:"爆炸。好好看爆炸。炮排的人最该提防的就是爆炸。我都不敢让你碰能炸的东西。"

万里不叫了,呆呆看着,理智尚存但手脚瘫软,雷公只好自己趴在他身上,然后一块布罩住两个人。

炸弹还在连三接四,但居然显得很安静,因为被炸得沉静之极。甚至连钢铁与火焰之中的死亡都是沉静的,没有惨叫,只有安静的牺牲。

雷公忽然开始乐:"像不像怕鬼的小孩缩在被窝里?"

是挺像。不论是他的玩笑还是周围人的表现都让万里也慢慢安静下来,而炸弹的落点也逐渐稀疏,远去。

各单位主官第一拨起身,"清点伤亡""卫生员"的声音此起彼伏,千里在大骂"神经病",因为团部的骑马传令兵在硝烟烈火中驰骋传令——轰炸方息,这实在过急了点。

那匹马急驰而来,几乎踏到了白布下的万里。雷公蹦起来一拳砸在了马脸上。

小传令兵费劲勒住长嘶而立的马:"第七穿插连,敌空袭猛烈,现决定化整为零,以营以下规模行动为要。你部可穿插狼牙山脉,抵达长津湖战区,再行集结!这是地图!"

千里接住了小传令兵递过来的信封:"七连明白。"

传令兵的小脸上绷着几千人大团的严肃，让万里生了同龄人的亲近之心，可对方已风驰电掣而去。万里夹着腿茫然走了两步。

雷公眼毒："尿了还是拉了？"

万里赧然："尿了。"

雷公："啥时候？"

万里："那孙子冲我来那会。"

雷公："天上那孙子，还是骑马那孙子？"

万里："天上那孙子。"

雷公表示理解："那还行。"他又在翻包，翻出条烂衬裤来，做好事却没好话："换了去。这大冷天，保了你小命还得保小万里。"

万里："别叫我小万里。"

雷公："哦，我是说小小万里。"

万里噎到没话，羞答答蹲到仅有的残墙后脱光了换裤子。那道残墙也就能遮住他的腰下，所以他一直茫然地看着部队，而部队沉默地收殓死者，包扎伤员。

千里打开信封，一张书面命令，与传令兵口头传达的无异，一张大比例地图，千里也在看着那里，最不愿意看到又不可能不看到的部分。命令已经看完，看痕迹多半是从课本上撕下来的。梅生也在看，脸子比千里还黑。

千里："第七穿插连！集合！"

部分反应更快的兄弟部队甚至已经出发，也是营连之间的规模，为免扎堆，甚至连走的路也各异。

千里叹了口气，目光扫过断垣，然后看见了万里——

那家伙换完了裤子，正对着自己肩膀上的东西发呆：那只金龟子，奇迹般地还存活着，但万里觉得它在簌簌发抖。

万里把线拽断了："……你能找回家吧？"他把那只小虫向着西岸抛向空中。

金龟子振翼，歪七扭八地挣扎了两下，终于达成直线。

它竭力想飞回故土，但还没飞出万里的视野，就掉在残雪上，动弹了两下，死了。

万里忽然很难受，转头，发现千里正安静地看着他——自然也目睹了那只小虫的终结。

万里在和兄长短暂的对视后忽然有些慌乱，绕着千里的边想要归队。

他没能成功，被千里套马一样给套住了——用的那条红围脖，这玩意他本就是给弟弟留的。

千里猛拽，让弟弟撞进自己怀里。他和万里的记忆里，从来没有这样拥抱过。

千里："一定带你活着回去。"

然后一把推开。他走向自己的连队。

万里茫然地归队，脖子上多了条千里派给他的围巾。


## 三三

忽然从几千人的大团成了一百多号的连队，第七穿插连的心里难免孤零零的。当他们走过一支被炸得不成样的运输车队时,这种孤单甚至带上了某种凄怆。

道路兵和军工在救助,可这支车队肯定是废了,连炸带烧的卡车简直像达利式的现代雕塑。

余从戎跟人附耳:"我们伤亡小,因为飞机要炸的是他们。"

没人应声。有点蔫的七连甚至嫌他八卦。继续走。千里一遍遍看捏在手心里的命令。一辆被炸得支离破碎的卡车,在这支不幸的车队里却还算是完好的一辆,车上装的炒面淌了一地。司机一只手臂齐肩断去,守车边不肯动窝,有人拽,他就用完好的那条胳臂打。他穿着标识全无的旧工作服,所以是军工而非军人。

司机:"帮帮忙,帮帮忙。"

千里掏包,掏出卷浆洗过的绷带递过去。聊尽人事吧。

司机:"谁要你帮这个忙?我说的是粮食!粮食!我送不上去了,你们多带走点粮食!"

千里看梅生,梅生在看那纸命令,他已经看很多遍了。

千里:"能装就装。"

于是每个人从车辆残骸边过身时都打开干粮袋装一些炒面,这让司机脸上现出了微笑。

万里也往干粮袋里抓炒面,司机又用完好的那只手把他的袋子装得不能更满,于是万里的炒面是带着血的。后来司机抓住了万里的手。

司机:"多大啦,孩子?"

万里有点失语,求助地看千里。

"不大。"千里估摸着那位司机的年龄,"跟您儿子差不多大。"

司机微笑,回光返照的劲头过去,慢慢坐倒,嘟囔着什么,千里凑过去——在听清濒死的低语上,他有经验。

千里:"这么点大就来保家卫国了,真了不起——万里,你特别喜欢的三个字,了不起。"

万里没觉得了不起,因为他看那位司机,发现已经低垂了头,死了。

千里:"走吧。"

万里:"什么是保家卫国?"

千里:"我们上一个百年没有做好的事,我们下一个百年必须做好的事。他和大哥没做完的事。我在做的事,你在做的事。"

万里:"你们总是说些听不懂的话。"

千里:"真要紧的事,靠听永远不会懂。"

他其实情绪也不好,紧走几步,又看命令。

梅生:"别看啦。很难,可我们比友军容易,因为穿插连打穿插,天经地义。狠猛精准,才有生机,才有胜机,答案不在纸上,在我们自己。"

千里点头,把纸条揉了:"销毁,然后执行。"

作为一个有打火机的上海人,梅生打火,一通啪啪地,就是不着。

梅生:"背时鬼……冻上了。"

千里伸手,梅生会意,两主官石头剪刀布,输了的梅生张开嘴,千里扔纸条,梅生嚼巴着给吃掉了。他们用这种方式互相勉励。

千里:"第七穿插连!我们一向打的是什么仗?"

这又是个小仪式,七连应和:"我们穿,我军前沿是我连后方!我们插,敌军后方才是我连前沿!"

梅生:"这是什么?"

七连:"这是胜利!这就是胜利!"

千里:"我们的战斗口号是什么?"

七连:"牺牲从我开始!"

梅生:"那是首长嫌糙,我改过的。百里连长的原话是什么?"

七连笑。那是第七穿插连的一个老故事。

千里:"从我开死!"

梅生:"从我开死!"

千里:"穿起来!插起来!跑起来!第七穿插连,从我开死!"

七连:"从我开死!"

瞬息间士气涨至不可再高。七连全是野马,所以一帮子步兵居然跑出了骑兵的感觉,一帮子又振作起来的汉子奔流于残雪,没入狼林。

## 三四

十一月二十三日,一九五〇年的感恩节。长津湖下碣隅里,美军陆战一师前沿机场。

烤火鸡、南瓜饼、红莓苔子果酱、甜山芋和玉蜀黍。

一辆坦克的老虎涂装曾在仁川滩头出现,现在它停在陆战一师指挥部门外，铺张浪费地热着引擎，在背风处扯了一块帐篷布，篷布下燃着一个汽油炉，旁边的汽油桶里燃烧着浸泡过柴油的大木料。一个战场上的感恩节。

小杰登和布雷登享受着热咖啡和空运来的感恩节餐，可切身感受是慢慢被冻僵。

小杰登侧耳谛听，而布雷登想起什么就开始笑，他笑着从身上掏出张传单，捅给小杰登："道格不再说感恩节回家了，可他送来了圣诞心愿清单。把你想要的写在上边，啪，C型运输机和自由轮，来自美国、日本、夏威夷、东南亚。为了让我们开心地炸冻土，耗费的资源够养活两个半岛……"

小杰登做了个别说话的手势，他在听屋里来自陆战一师师长奥利弗·普雷因斯·史密斯的咆哮，美军有很多出了名的大喉咙，史密斯亦是其中之一。

史密斯："……仁川时他们说中国人不敢管，越过北纬三十八度时他们说中国人不敢管，在东线挨揍时他们说只有三千人的中国游击队。现在他们说只有西线，东线没中国人——只用一只手的拳击？"

下属："航空侦察覆盖整个狼林山脉……"

史密斯："是我们太希望中国人不要东线。直升机！"

史密斯风风火火冲出来，奔向远处正在预热的S-55直升机，有感于警卫力量薄弱的下属向小杰登和布雷登招手示意。

于是小杰登们把食物扔在雪地里，拿起武器跟上。

S-55升空，驰向远处蜿蜒贫瘠、如怪兽骨骼一样的狼林山脉。

## 三五

莽林，被感觉永远不会融化的积雪覆盖的莽林，因其单调，会让看久了的人有把天当地、把地当天的错觉。

S-55 直升机的舱门被猛力打开，让舱内成员在狂风和极寒中感觉奄奄待毙。高倍望远镜、航空相机、肉眼，从史密斯到布雷登，用尽一切侦测，在被冻到基本龟缩的美军中，他们是最敬业的一批人了。

史密斯："低，低，再低。如果雪承得住，甚至考虑降落。"

不能。但 S-55 已经压低到树梢，螺旋桨翻腾着雪粉形成的巨浪，雪粉来自空中，树梢，地面。

树冠、残雪、枯枝、岩石、灌木、苔藓……只有这些，只有飞行员在一次次航空侦察中已经看到想吐的这些。

史密斯："我们换个地方。"

史密斯在地图上指向的区域被打上了标识。S-55 从树梢高度飞远。


雪地上的一块石头，近看又似乎不是一块石头。它终于开始缓慢移动，原来是一个土豆。而树丛里一个志愿军手上垫了白布，把它放在阳光下晒化——否则它真就是冰冻的石头。

那名志愿军拔出刀，土豆终于晒化了一点表皮，现在刀可以刮得动。他刮下约摸半个小指那么大的一点土豆粉就填进嘴里，这于他已经约等于半顿饭了,然后他继续用白布垫着手晒他的下半顿——不晒就还是能崩掉牙的石头。

很长时间,我们会以为他是孤身的斥候,但长久聚焦后,这里有一块白色轻轻蠕动,那里有人类呵出的白气,于是我们发现这是一支小队,再久一些,我们发现是上百人的一个连队,更久一些,我们发现是数千人,一个化整为零又在潜伏中完成集结的大团。

S-55贴着林梢飞掠,我们的视野在林间跟随,于是我们看见的是整面山脊,整面被九兵团用人铺满的山林和山脊。离总攻时间还早,他们不是在准备发起攻击,而是在敌军的眼皮下生存。

第九兵团,在零下四十摄氏度的极寒中,三周昼伏夜行,隐蔽近敌,完成对长津湖战场的分割包围。十万大军,面对当时最先进的侦测,坚若冰封磐石,至攻击发起之前,美军毫无觉察。一个奇迹。

某位当值的士兵就此没有起来,他的战友摸索他的脉搏和鼻息,然后把他抬到位置最好的那棵树下,无声地顶了顶他和冰雪同温的脑门,离开——那里已经有几位牺牲者了。

然后逝者的战友继承了他的哨位。

## 三六

柳潭里。军号吹响。这个韵律注定将伴奏美军在长津湖的噩梦,然后火山爆发，或者雪山崩塌，成百上千个V形的战斗组跃出隐蔽地，他们最近的甚至已经接近美军军营外沿。乱成一团的美军车队不是目标，目标是军营——至少是军营外的战壕。没有什么山呼海啸的呐喊，老兵用不着那样壮胆，所剩不多的体力全用于冲刺，于是如果除开爆炸和被袭击者混乱的喊叫，这几乎是一场安静的冲锋，只有硬胶鞋在冻雪上急促的沙沙声。他们甚至不怎么开枪，因为子弹不多。

大量的迫击炮烟幕弹算是他们仅有的掩护。因重炮奇缺的贫弱火力和美军的装甲程度，烟幕弹反而比杀伤弹效果更好——它至少能掩护冲锋，当冲出山林，步兵们在雪地背景上相当醒目。

雨点般的美军照明弹试图把雪夜拉回白昼，但这并不能突破烟障，于是对所有存在烟障的区域覆盖火力。这是让志愿军印象深刻的投掷当量，以至迄今炮兵仍是中国陆军的第一大兵种，吃过苦头，所以要虚心学习。

志愿军开始出现伤亡，而且是大量伤亡，不再把全部的力气用于冲击。这部分卧倒掩护，那部分跃起冲锋，交替跃进，交替掩护，互为臂助，互相支援。

几百个手榴弹在接敌后终于雨点般飞出，在近距离上它是一个让人毛骨悚然的奇观，接着是下一个奇观，幸存的志愿军冲向自己制造的爆炸，甚至被自己的弹片击倒，然后他们跳进美军战壕。

美军的电台在这样呼号："群山在攻击我们！"

战争自伊始便进入了白热化。

白昼来临。

## 三七

千里:"听见了吗?你们听见了吗?"

他反穿着棉衣,冰霜覆结的白色衬里让他惨白、瘦骨嶙峋的脸部被冰雪勾勒着轮廓,但忽起的战伐之声浩浩荡荡,在山峦中传得横无际涯,让他黯淡的眼睛里又炽烈地燃烧起火焰。

七连筋疲力尽,反穿的衣服在几星期的艰难跋涉中早成褴褛,而褴褛又冻成了板块,任何能用得上的布料:被子,被单,围脖,本来用于替换的单薄内衣,甚至已经快吃空的干粮袋,被他们用一切方式紧束在腰背、耳鼻、膝和脚部——这几个部位是极寒气候保暖的重中之重——以及把所有能保暖的部件绑至贴身。作为南方来客,他们付出惨重的代价后才明白这些。为防止深陷,他们脚上绑着树棍,把布包在鞋上,没手套的甚至把剪出洞的袜子套在手上,有人把同样开了孔剪了洞的袋子套在头上。穷尽了一切。东北老乡的那些馈赠帮了他们大忙,被他们一再分配,轮番使用,没出现大规模的冻伤减员——现在那部分还点缀着他们的武装。

这是一支像乞丐一样的军队,和一双双燃烧的眼睛。

也有看不到眼睛的:包括梅生在内,十多个人腰间用绳子拴成了串。他们眼睛上裹着深色的布料,被炮排层层叠叠地保护和牵引。雪盲症,当它发生时做什么也都晚了,只能慢慢等待痊愈。

所有人都知道千里在说什么,但都没说什么——连千里都在等梅生说什么。

看不见的梅生仍然会意,他艰难地走了几步,就走不动了——绳索的一头拴在万里身上,那家伙又在愣呆,带累得梅生也走不动了。雷公的瞪视让万里就势走了两步,梅生终得松动。

梅生:"战斗的声音。友军在作战。友军很可能就是我们的团。"

这是在临战动员,千里:"现在我们来了。"

梅生:"对,迟到,挨饿,受冻,迷路,血管里流着冰,晃瞎眼,我们的地图来自小学课本,连我们的指北针都冻上了,但是我们终于来了。"

千里:"现在怎么做?"

问的不是梅生,是全连。全连没有用呐喊回答他,为行军方便,倒背的武器调整到待击位置,检查。千里所要的就是一个态度,这就是态度。

千里:"第七穿插连!放弃隐蔽!目标战场!炮声方向!全速冲击!第七穿插连!"

冲击,无声的冲击,连一帮雪盲都在冲击。雷公和万里,两只"导盲犬",拽着两头的缒绳,可这是森林……

所以七连冲击的头部腰部很壮观,如狮虎如熊罴,尾部,则很狼狈。

# 三八

除了树还是树,除了雪还是雪。但千里已经望见了林外的阳光:

那意味着七连将冲出莽林。

千里:"一排向我靠拢!机枪组——"

林外的阳光终于直接耀在脸上,虽然没多少温度,但让千里感受到久违的温暖。然后他戛然止步。

一排、机枪组,整个陆续赶到的七连在他身边戛然止步。

一架L-19炮兵校正机正迎着他们飞来,这玩意没有武装,但它随时召唤远程炮火和空地打击。

让他们止步的唯一原因是,脚下是一道七十至八十度角的巨大扇面,冰加雪雪再加冰地反射着阳光,不光是耀瞎眼睛的问题,在一帮来自长江地域的人看来,这是有死无生的绝壁。

万里跑了出来,他及时止住了步子,但被他牵引的雪盲可不会,梅生们没头没脑地冲下了绝壁。被猛然坠上的重量连累,万里扑倒,他用锹在冰雪上狠凿,根本凿不住,万里扔了它,在向着绝壁的滑动中疯狂地抓挠,他终于在绝壁之畔抱住了半个树桩。

# 三九

L-19快跟七连撞上才拉起,飞行员目瞪口呆:

自莽林中冲出来的志愿军可不是一个连,是源源不断。

绳子、锹把子、枪托……七连对徘徊的L-19视若无睹,他们忙于抢救他们的战友:现在万里放手,他们就要失去至少一个班。

而L-19更便于看清七连面临的困境:这是狼林山脉毗邻长津湖

地段的陡峭段，极低温下，冰雪几乎填满了曾经嶙峋的所有突起和缝隙，七连在一幅微微倾斜的冰雪屏风上，它几乎连天接地，而人是其上挣扎的蚂蚁。有几个人在和它面面相觑，但更多人是在救助战友。

L-19 飞行员："长舌鸟呼叫夏天，长舌鸟呼叫夏天——发现了中国军队，成千上万，是的，成千上万！"

回应的是一阵咆哮："你们每个人都说成千上万！"

这点战斗素养还是有的，确定 L-19 无武装的千里得空打量战场：七连在一个绝对制高点上，高到他在山顶上用 PPSH-41 冲锋枪射击，其下的冰原远超有效射程。冰雪的绝壁往两翼蔓延，而冰原往目力极限蔓延，偶尔拖带着一块极稀疏的寒带植被和民居。他追随的战斗之声来自被丘陵线挡住的视野之外，仍在激烈地撞击着山壁，回荡。他能找到它是因为，那边天穹上盘旋和俯冲的机影如同南方夏日人们头上缭绕不去的成群蚊蚋，从密度到姿态都像。他看不到友军，只是从那边的地平线上偶尔腾起一个小型的蘑菇云：小小的，但在这里都能看见，那至少是 2000 磅级的航空炸弹制造出来的。

而除了那架讨厌的 L-19，千里还看见一个小规模的战斗攻击机群正从正前方向他们高速掠来。从过江之后就在机翼之下，千里已经能清楚地知道各种飞机能造成的不同威胁。

千里："……森林方向！跑！跑！跑！"

梅生他们刚被拽上来，千里割断了缒在梅生腰间的绳索，背着他往林间开跑。其他人照此办理，生死攸关，再拴成串就真误事了。

平河拉起来万里，本能地要再来一次肩负。万里推他去拉别人。

万里："我又不是第一次挨炸！"

## 四〇

攻击机群高速靠近，L-19 飞行员已经能看清他们的机型和外挂的弹药。

L-19 飞行员："劫掠者，你们来得真快。你们还带了汽油弹。"

攻击机高速接近，机翼下满当当挂载着连稳定翼都没有的圆柱体，那玩意在东京杀死的人远超原子弹，这也是志愿军最头痛的玩意之一：凝固汽油弹。

它们掠过的气流让 L-19 颠簸荡漾。


## 四一

千里："跑跑跑！"

肉腿子跟飞机赛跑的结果是，飞机已经到他头上了，千里把机翼下的汽油弹看了个清清楚楚，他已经完全绝望了。

千里："散开！燃烧弹！集束燃烧弹！"

梅生："放我下来吧。就吃下去那点食，我还真舍不得吐出来。"

千里把他放下，放下是为了更大声号令七连："散开！所有方向！别一个方向！第七穿插连！"

梅生："有多少人会倒在半路上呢？放松些吧，会有人帮我们争来牺牲的意义。"

千里没接茬儿,他呆呆看着劫掠者自头上飞过,疾风震撼着森林。肾上腺素的分泌让人有时间变慢的错觉,他目光的焦点凝聚在机翼下的挂载:一个圆柱形的母弹里装载着上百个柱形的子弹,每个子弹里都是黏炼至极的胶状汽油。

但是只有树梢的积雪纷扬落下,炸弹没有落下。

## 四二

劫掠者掠飞,它们和L-19的通讯有点调侃:"我们有更重要的目标。长舌鸟请继续呼叫夏天。"

L-19飞行员:"……该死的空军,你们就不该诞生[*]。长舌鸟呼叫夏天,长舌鸟呼叫夏天……"

## 四三

劫掠者掠过山势几近犬牙交错的狼林山脉。在其机翼之下是一个跨越了自东线至西线战场的全景,东线九兵团乃至西线十三兵团的战士自山脉、森林、路畔中拥出,将军营攻破,将阵地凿穿,将

---

[*] 美国空军一九四七年才正式成立,以前都是陆军航空队和海军航空队。

道路爆破，将车队分割。

地面是火狱，但空中很安逸——志愿军没有任何能威胁到空中的武器。

狼林山险地将战场切成了西线和东线，也就此分出了一次战役和二次战役，但对战斗机来说，几分钟的事情。

为了不过早地被防空哨发现，他们飞得很低。但并没有用，美军视作不毛之地的山峰上，散布着明知在那可就是找不着的哨兵，哨兵发射了预示空袭的信号弹。

劫掠者长机："劫掠者一至四，侦测到大榆洞地区无线信号源密集，怀疑是中国人指挥部，大于团，至少是师。值得扔下所有炸弹。"

## 四四

大榆洞是志愿军总指挥部。从外观上看这就是个普通山谷，有着伴矿而生的几栋粗陋木屋，但暴露它的不是外观，而是没法避免的无线通信。空袭警报凄厉地拉响，没带来任何慌乱，这里的人们早习惯了这个，他们走向用于防空的矿洞时井然有序。毛岸英和他的战友从木屋里出来，挟带着机要、电台、卷成筒的地图，他看到正走向矿洞的彭德怀，而彭德怀也正向这边看顾，看到他也在撤离中了，彭德怀进洞。

都将近矿洞口了，毛岸英把手上的什物交给战友："墙上还有一幅图！我们可没几幅小比例图。"

他直接就开跑了，战友只好冲他已经回屋的背影大声提示："刘秘书，防卫警报响起，轰炸机到顶，只有两分钟！……"

不是两分钟，而是已经到了。因为劫掠者编队不是轰炸机，而是飞得更快更低的F84E近音速的喷气式战斗轰炸机。战斗机的飞行员永远是飞行技术最好的群体，它们几乎是近地穿山而来，最大限度缩短了地面预警的时间。

劫掠者低掠而过，似乎飘浮在大榆洞的上空，每侧一枚的圆柱体被导航机抛出，它们因惯性也在往前下落飞行，然后散开，抛撒出它携带的几十上百枚子弹。子弹在触地瞬间爆裂燃烧，数百朵死亡之花，在急速扩张中连成火海。

然后导航机率领的劫掠者掠过这片火海，后继机还要继续扩张火海。

那位战友从另一个角度看着这场不折不扣的地毯式轰炸，看着填满了山谷的火海以与飞机齐平的速度袭来。

然后他被哨兵扑进了矿洞。

山谷被烈焰绝无间隙地填充。

## 四五

千里听着空中火车过路般的尖啸。他又把梅生扛起来了，又在跑。

千里："跑！往东！太阳方向！"

七连还在林冠的掩护下奔跑，L-19在另一个方向，已经召唤了炮群压制,并且远离了炮群弹道飞行,也就此丢失了他们。

万里:"跑不动啦!"

千里靠耳力而非目力分析着炮弹降临的落点:"炮弹!……炮弹群!卧倒!防炮!"

他把梅生扔了,然后在那位的大骂中恶狠狠扑在梅生身上。炮弹群,少则几十,多则几百,均匀散布,不同时出膛,却同时着地。根本不是一个一个地爆,整片森林同时崩裂。然后又是一阵压倒了爆炸声的呼啸,又是一群……

爆尘、气浪、弹片、破碎的植被、开了花的冻土和残雪、整棵崩断的树木,树冠塌方似的压下。

万里惊奇地发现,他身边石子土块一类的零碎什物在腾空飞起,不是气浪冲起,源于他藏身的土地像波浪一样涌动,他有将被掀到空中再撕成碎片的感受。不是错觉,大口径炮弹近炸就这效果,亏得他是手肘支地,胸口贴地的话万里当场即卒。

万里终于开始尖叫,不纯是恐惧,他得感受到自己还活着还存在。

森林被啃掉了一块,七连消失了。

L-19飞行员:"干得漂亮,夏天。你们肯定干掉一个中国营。也许上千人。"

有点敷衍,但作为不多的几种可能被步枪打下来的飞机,他必须学会敷衍。L-19飞走了,也许创造了一个类似于中国会放过西线的美好童话,在这类童话里,每个进入朝鲜半岛的志愿军都得死两次以上。

## 四六

硝烟仍遍布焦煳的山谷,一切原有的全成了高温下的扭曲形状。原来的志愿军指挥所,因为建筑彻底烧塌,成了露天的,残余的火焰仍在扭动出怪异的形状,但更让人恐惧的是烧过的残余物,人类这时只会往一个方面联想。

用桶、盆,甚至衣服,兜上焦土去压灭火势。人们已经开始挽救无法挽回的一切。

彭德怀不声不响地进来,脚下的焦黑发着让人心悸的碎响。

那名战友过来,他是抢救得最疯狂的一个,摇摇欲坠,他也是濒临崩溃的一个:"刘秘书……他说这是他爸爸给他的。"

彭德怀看了眼已经烧变形了的那只手表和手枪,光看背影他明显僵硬了,但看脸他很平静,一种黑色的、冰一样的平静。

彭德怀:"我会转交。"

他忽然很疲倦,很想走开,于是人们仍然只能看到那个佝偻而又挺拔的背影。

军官:"我们需要……刘秘书的全名。"他真不想去戳这一下,但没辙。

于是那个背影站住了:"……就是一个中国人的儿子。"然后他在人们的视线中恢复了坚强:"给我一个新的指挥室。"

## 四七

森林秃出来很大的一块，光是飞扬的粉尘就已经可以让最有耐心的人也放弃观察了，少顷，秃掉的边缘有依稀的蠕动。

千里："第七穿插连！有活的没？"

七零八落的"有"的声响此起彼伏。之前的狼奔豕突算是没白整，七连实际上已经跑出 L-19 标定的火力覆盖区。千里吁了口长气。

千里："有死的没？"

余从戎："没有！绝对没有！"

"你不能替烈士……"平河无奈地挥手，"……说话。"

余从戎："乐观，要乐观。"

但确实没有，有轻伤，连重伤都没有。千里在狼藉中走动，快乐地确定了这个事实。后来他踢着一尊高耸的屁股——万里把脑袋塞在断裂的树冠里。

千里："好啦！起来！是炮弹，我们被炮弹炸了！第七穿插连的泥腿子们，咱们被炮弹炸了！"

雷公胡噜着万里，后者都炸出自闭症来了："得。指导员瞎了，连长疯了。"

"飞机太远，炮击总有我们够得着的发射阵地，无非来袭方向十几或几十里地。我们没偏离战场。"梅生有些悻悻，"我没聋。好像也没那么瞎了，能看点影子了。伍连长，我想看战场。"

千里:"就地休息。"

千里搀着已经被他摔得一瘸一拐的梅生。森林被啃掉了很大的一块,七连的连长和指导员在焦土和雪原中蹒跚相携,循声而行。

## 四八

梅生扶着一棵被炸断的树,透过眼睛上脏污结霜的布条去"看",看不见的人总会下意识仰头,这让他看上去并不是狼狈,而是骄傲。

他"看"着狼林山脉下的雪野,和爆炸,和硝烟。千里又开始了只在梅生面前才会有的胡闹,他把望远镜杵在梅生眼前,而梅生习惯性无视。

梅生:"……而这样的路是无限的悠长的,而他是不能够流泪的……"

但是他开始哭泣,恸哭。

一边哭一边语无伦次地道歉:"对不起。可我想起倒在路上的战友……对不起,我真的不够坚强。"

千里:"去他的坚强。我们一边倒下,一边站着,这就是坚强。"

哪怕还在哀恸着,还在把眼泪揉进蒙眼布里,梅生已经开始计议:"……现在,我们在悬崖上?"

千里:"很悬的崖。看得到战场,找不到下山的路。望山跑死马。"

梅生:"我听着不是一天能打完的仗,七连还有一顿的粮。我们有一整个白天休息,天黑再择路下山。穿插连是刀片,你别总当锤子使。"

千里表示欣慰："你快好了。你终于不是一个瞎指导了。"

## 四九

确实就一顿粮，一顿是倒空了袋底的两把炒面：把残雪盛进容器，用体温焐化，再一起吞下——这还是那位司机逼他们多带了粮，大部分部队早断顿了。

雷公、余从戎、平河团团坐，中间是基本重度自闭了的万里在心理疏导。平河把对万里堪称庞然的 M1919A6 机枪端过来，连着二百五十发的弹链。

平河："你喜欢枪。这是我的枪……"

雷公："这门炮也就你当枪。"

余从戎："还得指着我，一开仗我就给他弄支合适的。小万里我跟你说，我冲锋就是嘭轰嘁！啥枪都能捡回来。"

总制造爆炸的家伙拟声太"狗日的"，后果是万里终于有反应了，一个猛颤。

雷公："滚滚滚！你不知道他啥毛病？"

千里凑过来："他啥毛病？"

雷公狠巴巴地："啥毛病？炸傻了的毛病！挨了比你新兵时多一百倍的炸，救了你的指导员！"

千里："想骂我还是想夸他，你直说就是了。"

他凑过来,发现他的老弟是个另类:别人是用一切包头裹脸,万里明明有个红围脖,却扣在衣服里边,唯留脖子边沿的一圈红色,于是那成了红色和土黄色衬映下一张结霜挂冰的脸,灾情惨重。而千里还发现万里多了双手闷子,他记得这个是发放给雷公了。

手闷子扔还给雷公,顺便睨一眼,然后折腾万里:"围里头干吗?要漂亮不要命?包着脸!"

去解老弟的脖领扣子,冻得都解不开,围脖和衣领都冻成了一体,千里拿刀撬,拽出来,帮老弟把脸裹上。

被折腾的万里终于恍神,大哭:"我要回家!"

千里:"好啦好啦。万里你捏着个啥?"

万里捏着个绳头子。原来缒着雪盲症们,后来砍得七零八落,可他就一直捏着,千里都拽不下来。

千里:"你不错,最不错的是都这样了,你也没有扔掉这根烂绳头子。"

万里:"你怎么不去死啊?!"

千里:"这个事我正在努力,就像让你活着一样努力。"

万里愣一下,想回句狠的,可见证过生死,就有了一语成谶的恐惧,于是,还是接茬儿哭吧。

千里:"好啦好啦,你怕,因为还不了手。你确实得有武器。可不是枪,转眼开打,你丢石头都强过你扛枪。"

万里本来还存着念想,顿时气急:"你还是去死吧!"

"有东西比石头更好。我有办法。"千里拽着万里起来:"余从戎你也来。"

## 五〇

森林和雪地的交界，走出森林就是凛冽的朔风，没有植被，唯有冰雪。

千里把近人高的树枝插在冰雪上，再深深浅浅地走回万里和余从戎身边——那是个投弹标的。

千里："军人的命，跟钢绑在一块。可我们缺钢。我们凭啥站着？三三攻防，生死守望中向死寻生，穿插迂回中向死求胜，这些你一时学不会。只说'射刺土爆投'的单兵五技能，射击、刺杀、土木、爆破、投弹，前四项一时也悬，唯独这个投——万里你是怎么把石头砸那么准的？"

万里："你跟大哥说跑就跑，没说就跑……"

"教你活命的时间！"这对千里是和七连处境并重的焦虑，强自缓和，"别拿来抱怨。"

万里缩了下脖子，不理解其愤怒，因为不理解其焦虑："没人跟我玩就扔石头呗，扔着扔着就随便扔了。"

千里看余从戎，说到扔——学名为投，这位是七连第一行家。

余从戎："吹吧。唯独投是最看感觉。老子投了五年也就有几分钟能叫随便投。小万里，随便扔是指哪打哪，不是打哪指哪。"

万里："我扔了十年。"

余从戎戳心窝子："石头？"

千里没空斗嘴,从余从戎身上拔下两枚手榴弹,一枚给余从戎,一枚给万里:"这是一枚没装药的训练弹。示范。"

余从戎:"……训练弹?"谁背训练弹来打这种战啊?还好他会看千里眼色:"嗯,就是长得像手榴弹的石头。"

一弹在手,一向浑闹的余从戎居然有几分庄严:"挥臂,扣腕,蹬地,送胯。万里,投弹,新兵利器,新兵能最快掌握的杀敌利器,可心有犹豫,就一辈子过不去。用上全身每一块肉,就像打喷嚏。一弹在手,唯有目标——"

他投弹,相当漂亮的投弹,在一个远投距离上距树枝为标的径心也就两米以内差距,绝对的有效杀伤半径。

余从戎有点飞:"这才叫随便投。小万里,等认字了你就知道,干巴和能干都一个'干'字,我就是能干的那种干巴……你要把自己扔出去吗?打仗这么跳的都跟唐僧同路。"

后一句是因为他分解示范时万里一直在抛接着手榴弹,手榴弹当然比石头好扔,万里满意,而他吹嘘时万里已经把手榴弹扔出去了,一个能让军人吐槽到死的姿势:起跳,旋身,在空中甩臂,落地时差不多做了一个三百六十度的空中转体。

千里示意他回头看看:万里的投弹顶着那根树枝插进了雪地,就露出个弹柄。

万里:"这才叫随便扔。"

"你还真在扔,不是投……"余从戎只好跟千里叫屈,"可凭什么呀?"

千里也觉得不可理喻:"凭他冲着长江打了十年喷嚏吧?"

心头松快了些，但这事并没过去，千里从余从戎身上又拔出枚手榴弹。万里已经发现这事可以炫耀，主动伸手，千里没给。

千里："不指你冲锋陷阵，可能还击才能说自保，这是根本。没训练弹了，这回实弹，能把你撕碎的实弹。五个数，再来一次，我帮你数。"他做了个拉弦的动作才把手榴弹交到万里手里："一……二……"

万里蒙着，从手榴弹入手那一下他就蒙了。

千里："预备投弹啊！三……"

万里猛省，扑腾着双手，像只被人踹了屁股的鸭子。他左手乱舞，右手也在乱挥，然后右手腕撞上了左手腕，没抓实的手榴弹落下，然后……没了。

也没扔出去，地上也没有，余从戎追在他屁股后找："弹呢？"

千里："弹呢？弹呢？！"

万里仍在蒙："弹呢？"他意识到弹在哪里时就开始狂奔："炸啦炸啦炸啦！"

千里比万里还蒙，追着狂奔，可雪地上追人不是一般费劲，而万里没头苍蝇似的跑法也实在难抓。千里吓到失声，反正发声那货也不会听见。

余从戎笑得打跌："怕成这样的就叫绝症！"

七连也一直在看，笑声震得树梢的雪都往下掉。新兵与投弹的恐惧，一向是老兵喜闻乐见的话题。

千里："我真拉弦啦！"

全连顿时哑然，而纯布朗运动的万里没来由地转了个方向，害千里又扑个空，然后万里向七连跑去。

千里:"散开!炸啦!早该炸了!"

但就有不散的,平河一头撞上来,把万里撞了个倒仰,雷公扑上去,摁住,千里终于赶到:万里连围脖带服具解开就没系上,他刚才把手榴弹掉衣服里了。

千里手一分,整排衣服扣子崩得子弹一样,他抄起那枚正在冒烟而且愈发炽烈的弹,连个起手都没有就直接抡出去了。

那方向是正冲过来的余从戎。余从戎瞳孔都吓缩了,冲变成了扑,就地翻滚。

空爆。四条命,就差了零点几秒。

全连呆若木鸡。只有梅生像听风辨器一样,丹顶鹤似的往各个方向侧转着头颈。

梅生:"请问……什么情况?"

雷公:"……幸好是延时没准的边区造。"

余从戎拍着扬一身的雪粉坐起:"……幸好边区造炸不出几个弹片。"

千里仍在失语:"……幸好……幸好……"

雷公:"疯了吗?!"

余从戎:"拿实弹当训练弹就算了!你拉弦?!"

从来对啥都没意见的平河都点头:"疯了。"

千里:"……他怕炸,可只要成功地扔出个实弹,他就过了坎……"

雷公一巴掌呼过去:"这么想你就这么干吗?现在喊声向右转他还能试出七八个方向来呢!"

千里:"疯了啊!是疯了!慢慢学,要时间,可我们隔着恶仗就一个下山了!有时间?!你身经百战,你说,这种仗,这种长了手可光会抱脑袋的，能活？怎么活？"他指着休憩中仍处待战状态的连队："他们喜欢这样？不怕？不，他们怕国破家亡，怕战乱灾荒，怕得要死，所以赴死。第七穿插连，现役 156 人，走过 677 人，从建连那一天就在打仗。因为痛是叫人醒，怕就去做事……不，七连还没有走过 677 人，家园在身后，敌军在眼前，七连出不起窝囊废。"

万里轻微地动弹了一下，677，在入连仪式上说过却根本没被他记住的一个数字，再听到时却于他有了某种意义。

平河和余从戎使劲拽，不动，一只手伸过来，扳动了千里的肩膀。是梅生。

千里吁了口长气，走开，走两步又忍不住："我不要脸啦！等碰见第一支回国的友军，就求他们带你回国！你回家啦，万里！"

梅生用蒙了布的眼睛看着，那让千里羞愧。

千里老实走开。

## 五一

沿着被炮击炸断的树干刨了些浅坑，尽可能包裹严实一点，这种坑总是一塞好几个人的，因为彼此的体温也能取暖。七连的休憩，倒像全连都冻死了。

千里和梅生一个坑。千里在检讨。

千里："……其实他不是怕，是蒙，他就没出过老家的江湾。人生大事也就是我爸又揍他一顿。"

梅生："嗯哪。"

千里："是我怕。怕这仗输，怕七连没，怕他死。怕得不敢闭眼，闭上眼就是这些。没这么怕过。"

梅生："嗯哪。"

千里："其实我也不是怕，是着急。都说急也没用，可真是说着容易。"

梅生："嗯哪。"

千里："你捂上的是眼睛不是嘴巴，给我宽宽心。"

梅生："找你弟宽去。"

千里："……都想我死。"

梅生："你刚说的就不能跟他说？还是哥的面子？还是我的救命恩人听不懂人话？"

千里："……瞎指导。"

说瞎指导，可愣一会，爬起来时不情不愿，再往下的步子实际上有些急促。

于是没一会全连都听见千里的咆哮："逃兵！打有七连以来，第一起！"


## 五二

两小时之前——

万里站在曾经几乎坠崖的山顶，他觉得似乎并不算绝路。

吊在绳上挣扎时就有这种感觉。

万里看着一群疯狂的火光从天际划过,然后成为几十上百团齐齐瞬爆的钢铁和烈焰——美军拿手的多发同时覆盖。曳光的弹道在天空、地面交织,在射程终点成为扇面的弧形,那是至少十二点七毫米以上口径的重型直射自动火力。九兵团依托轻武器和手榴弹的攻击看上去羸弱之极,就算重机枪也无非一道细细的红线,但羸弱就是在分割强大,然后吃掉。

不在其中的万里觉得美不胜收。他回头看他走出来的森林,还在沉睡的七连让他心里安静,脚下寂静的冰雪也让他安静。

万里纵身,下滑,在冰雪上的下滑很快就变得无法控制,他在翻滚中消逝。


雷公把手从陡坡边沿的印痕上拿开:那是万里的屁股印。

雷公:"不是逃兵。"

余从戎:"哪有往战场上逃的逃兵?"

千里看着那道印痕,印痕延伸,消失于被雪坡遮断的极限,雪坡从他们的角度看并不平,起伏遮断了下视线。

千里已经不愤怒了,而是疲惫:"他逃反了方向。"

梅生:"关心就往坏处想吧?我半夜醒来也老探闺女的鼻子,怕她忘了呼吸。"

平河:"那是什么?"

千里看着雪坡上的极目处:"那条围脖。"

那条孤零零挂在雪坡上的红围脖很静谧,让千里心里的某种东西碎裂了,也让他调整披挂了满身的装备,因为往下要做的事不是步行。

已经决定,但说出来还是计议的口吻:"我其实也想过,这条绝路是我们把它想绝了,可我不敢拿全连来试。能行的话,信号弹,绿加黄,你们跟上;否则,红色,你们另行找路——"

梅生瞬间反应过来:"抓住!抓住他!"

可谁能搞清这两位的"经",只有梅生自个循声扑上,他被千里轻易绊倒了,然后千里像万里一样纵身一跃,都想得很美好,我能坐着一滑到底。

梅生大叫:"你怎么上来?!"

千里已经在全连的目瞪口呆中下滑:"战场相会!是你们怎么下来——"

没酷过三秒钟,一道小小的冰坎就让他腾空起飞,再落下已经成了类似狗趴的姿势,张牙舞爪抓挠着空气是他留给人们的最后印象——也不算徒劳,他抓到了那条围脖,然后消逝。

七连一百多双眼睛面面相觑,后来一百多双眼睛看着正爬起来的梅生。

梅生对着绝壁的凛风愣了一会,撕扯眼睛上的布带。

余从戎:"指导员?"

梅生:"……我快好了。我必须好。"


## 五三

简直天旋地转。如果是个东北佬,就当用屁股加脊背滑雪了,并腿加速，张腿减速，两胳臂平衡，可千里是南方佬，越想找平衡越翻滚，越想减速越加速。头上脚下、头下脚上、横滚、竖滚……简直花样百出。

顾不得危险，拔出刀来对冰雪猛扎，别不住，倒是多出来许多冰雪翻滚，接着扎，侥幸插入岩石缝里的刀断了。

千里："他妈的绝路！……"

本意是想喊给七连，可摔得声都出不来，千里一泻千里地滚下雪坡。

## 五四

帽子和枪之类的零碎落地，然后是千里。山下有疑似为路的东西，惯性和地上的冰壳子让千里一直摔到了另一边。

摔得他都看见长江了，看见弟弟和几十个金黄的潋滟圆圈一起飞舞，看见虽居无定所，却凝重如山石的父母，看见坛子里的百里……

他仰在路边的沟壑里，看着一架美军运输机从头顶飞过。

爬起来，第一要务是捡回枪，然后是各种摔散的零碎，半途中断了。因为身下——其实本来并没有路，过的轮子和履带太多了，也就成了路。千里拿手指戳冻硬了的履带纹，深到能进整个手指，这是他们从没遇到过的重型。对比之下，解放战场上的谢尔曼那都得叫中型。

冻硬的轮胎痕和履带印，自目力极限而来，往目力极限而去，重重叠叠，难以计数。

千里掏出信号枪，装弹，发射。

## 五五

梅生看着，他真没好，能看到有人在面前走过，但哪怕是敌军也认不出来。

他看到视野里有一团耀眼的红色。

七连呆呆看着他们的指导员，红色信号弹从绝壁下升起，似乎贴着梅生划过，升上天穹。

## 五六

千里看了眼他不可能看到的七连，把PPSH-41冲锋枪放在待击位置，远离所谓的路，让自己的身影尽量湮没于冰原。

空旷让人茫然，没人喜欢茫然，所以他无形中以极目处依稀的几处半山民宅作为标的——想来万里比他更可能把那当作标的。

## 五七

千里逼近半山民宅。冰原上倒伏的遗骸很醒目，也让千里本就严峻的脸色更难看了——那是志愿军烈士的遗骸。他们身边有个筐，筐底和雪地上散落着十几个冻坏的土豆。

同属九兵团，但并非同军，衣着比七连更单薄，一人的栓动式步枪已经打空了枪膛，另一人抓着一个巩式手榴弹，没及投出胸口就被打烂了，那是个相当恐怖的伤口。半山民宅枪声轰鸣。连千里听着都陌生的枪声，低沉但震撼，相比下同时在响的M1卡宾步枪简直是玩具动静。千里奔向那里，又跑回来。他没有手榴弹。

可要在不损伤遗体的情况下给掰下来，实在太难了。

千里握住那只已经成冰的手搓揉，念叨："我会竟你的未竟之志。"

甭管唯物还是唯心，逝者的手指松动，得到了手榴弹的千里奔向声源。

老兵的冲刺很难看，又要隐蔽又要速度，又要顾着全身披挂又要随时待击，冲过土路直扑山坡时还踩上块冻冰，千里摔成了下巴着地，连枪都飞了。

捡回枪，在心里咒骂，手足并用地爬上山坡。

## 五八

枪声来自高处，千里一直爬到作为民宅院墙的腰墙边才看清正发生什么：

四名美军（陆战一师），一辆道奇中吉普。两人在车下，一人用急救包包扎胳臂上的伤口，一人用卡宾枪在射击民宅；两人在车上，一人在驾驶座上,一人用车载重机枪在连续射击,而车轮下碾着被撞塌的柴扉。他们很机警,位置分散,四个人倒站了三个方向,防的不是千里,而是让屋里的人冲出来也无法向三个方向射击。

美军的目的不是射击被封在屋里看不见的目标,而是纵火,以极其铺张浪费的方式纵火:用整弹链的燃烧弹把建筑打烂点燃,然后包扎好伤口的家伙甩臂往屋顶上扔了颗M14铝热剂手榴弹,瞬间炸开了一个小太阳,然后整个屋脊在三千摄氏度的高温下燃烧。训练有素也挥霍无度,千里眼中梦幻级的武器愣被他们当火把。

千里伏倒——这帮家伙不好对付,士气正炽,两个步行家伙时时转换方向,驾驶员看似悠闲,可单手提拎的冲锋枪警戒的就是他这个方向。

心急如焚,因为坚信正在挨烧的就是万里。千里拿出那枚巩式手榴弹。

第一枚M14引发了欢呼,因此必须有第二枚。

老兵在投弹前习惯稍等待一下,以减少对手反应时间。于是腰墙里的美军和院墙外的千里,动作几乎同步。

第二枚M14飞向民宅的窗户。

千里的巩式则飞向道奇吉普,重机枪永远是首先要消灭的目标,他第一时间就被驾驶员发现了,但美军的训练法则素来是先保全自己,"手榴弹""注意九点"的咆哮响成一片,两人齐齐跳车。

千里完成投弹就向手臂完好的第二威胁射击。看起来两人像对射,但他抢先了那么零点几秒,对方在射击中倒下。

M1卡宾的子弹浇了过来,来自手臂受伤的那位。千里蹲回矮墙下，在蹲回之前他瞥见巩式终于爆炸了，可是很悲催，炸得就像个超级二踢脚，肉眼可见崩成几大块飞走，那只能叫炸烂了，根本不能形成有效的杀伤破片。

千里气得大骂："又受潮啦！"

他想都不想，扯下围脖扔在半坡上，蹲踞式跑开。才转身，敌军已经追至墙边打算追射，但人类永远是视野向前的动物，半坡上又有着这惨白天地中唯一一抹红色。

所以下意识先被吸引了目光，意识到不对转头时，正看到千里向他开火。

没工夫高兴，千里站起向没炸掉的吉普开火。驾驶员据车和他对射，射手则去够车载重机枪。

在全自动的对射中，瞄准等于找死。千里让对方领教了一下PPSH-41冲锋枪的高射速后，便赶紧缩回来。得另想章程。

于是那挺十二点七毫米口径的车载 M2HB 重机枪终于开火。把它当马克沁级别武器的千里差点被坑死，腰墙是用几十厘米厚的山石垒的，可愣被打崩了，墙那边巨大的撞击让石屑在千里这边迸飞，划了他满脸血。

千里捂住脸，最要命的是血流进眼眶里糊了视野，他顺着院墙跑往另一个方向，身后的墙在连续着弹中终于被打穿，然后坍塌，弹雨继续在他身后拆墙。

墙瞬间被清掉一段。美军看见的是千里正连滚带爬下坡，消失在他们射界中。驾驶技术没的说，倒车、驶上下坡的土路旁一气呵成，往下不叫战斗了，叫追猎。

千里没往冰原上跑,那无非让死亡延迟一丁点,他顺着半山坡跑向另一侧。吉普顺着坡下的半环土路追射。

十二点七毫米口径的弹雨轰炸千里身边的冻土,弹着点足崩起来半人多高。行驶间射击没准头,但以千里的神经都得克服趴地隐蔽的欲望。他还在等待,玩儿命地等待,哪怕万一呢?

终于听到身后一声怪异而尖厉的声音:吉普碾上了曾经狠狠摔过他的冰面,那是一段冻在土路上,连他步行都没看出来的冰面。

千里回身,正看见吉普冲出路面扎进冰原,机枪手大鹏展翅般从后厢里飞出,还在空中,千里就对着他来了个长点射。

然后是七荤八素刚着地就在驾驶座上挣扎回身的驾驶员,千里在他刚抓到冲锋枪时就来了个短点射。

劫后余生,气喘吁吁,千里抹掉眼里的血,看看那挺让他欲哭无泪的M2HB重机枪。

千里:"你们……你们……他娘的扛机关炮!"

民宅的火光愈盛了,实际上已经烧通顶了。千里没工夫收拾战场,再度手脚并用地上坡。

他没注意美军驾驶员穿的啥——防弹衣。

## 五九

梅生仍杵在那,动荡的是神情,不是身形。

整个七连在看着，也听着。

山下空旷，近处的枪声比远处的炮声还真切，M2HB 机枪是震荡的回响，PPSH-41 冲锋枪则像随时断掉的细线。

梅生："那个信号弹……什么色？"

雷公："红色。"

梅生："红色啥意思？"

雷公很不想回答："……另寻他路。"

梅生："为什么另寻他路？"

余从戎："因为……有敌情。"

梅生："第七穿插连，当前任务？"

余从戎："寻找大部队，归建。"

梅生："归建做什么？"

听出来意思的雷公有些振奋："参战。寻找大部队，也寻找敌情。"

梅生："下边是什么？"

余从戎也明白过来："敌情！"

梅生："我的脚踏车呢？"

他一直被炮排征用的脚踏车被推过来，引发了梅生的痛惜："你们真能祸害。"

但是他抠抠搜搜把车推到崖边："看来这地方摔不死人。"

然后他义无反顾地把据说要传家的宝贝车扔下去了。

梅生："我没死，你们就跟上。"

然后他自己扑下去了。

"我去看他死了没。"余从戎也扑下去了。

平河:"你们……"

雷公瞪一眼:"……咱们能有点战术吗?"

雷公:"下去就有啦。"然后他纵身一跃,平河叹着气跟上。

往下是一场雪崩——七连全体跳。

## 六〇

千里在烈焰中开辟着通道前行。朝鲜民居本就是易燃的土木加茅草结构,在高科技的助燃之下简直"弱不禁风"。

带烤带烧带熏,千里已经只剩退路了,可听得见却看不见:有人在屋里挣扎、咳嗽、扑腾,做和他一样的事,唯独没有退路。

千里:"万里啊!哥在这!你别莽!我就过来!"

在火场里冲刺,顾前不顾后,直到他被坍塌的草房顶砸在下边。

## 六一

七连现在是一场人形雪崩,声势远大于之前千里、万里的单个,因为一个人能带起一堆雪团子,七连现在是几百个巨大的雪团子。

天空和大地在旋转中瞬间飞逝,撞得鼻青脸肿头破血流,甚至折胳臂断腿不算啥,既来了,就当享受。

余从戎纵声欢呼,带得七连纵声欢呼,最后带得梅生也欢呼。

## 六二

千里挣扎,但无法推开身上燃烧的火焰,眼看迎来最憋屈的死法。

一个身影冒着烟火冲过来,抱住了千里身上的火焰——一条燃烧的次梁,使劲拖,在千里的配合下,终于拖开。

两个燃烧的人,互扶互携,冲出火山。

火山贴着他们的脚踵坍塌,成了火海。

滚动,互相拍打,抱起整块的雪团往对方身上砸。

千里:"万里啊,我太急,我不该拉弦。可我说了带你回去啊!怎么回去?像大哥一样?那我死在这也不要回去……你他妈谁呀?"

不是万里。志愿军身上就没啥明显标识,但千里能感觉出来那是个行伍生涯甚至还长过自己的军官。

谈子为:"一个被你救了的人呗。"

千里没好气:"废话。那我也是一个被你救了的人。"

谈子为的子弹早打光了,直接就去捡美军的枪,卸弹袋。

千里:"嗳,我战利品。"他也开始扒拉敌军的武装,临战在即,永远不嫌家伙多,于是倒像两人在争抢:"这支算了。别的别动。"

谈子为:"我出来找吃的。我那有两个排。"

千里顿时觉得这家伙面目可憎:"连名字都不知道。我那有一个连。"

谈子为:"谈子为。"

千里以为有番号任务的下文,但没有:"这名字不值这些。我可缴获了一整辆车。"

谈子为顿时振作起来:"哪呢?美国兵上哪都带吃的。"

千里指坡下。然后就听见引擎启动——

并没死掉的驾驶员发动道奇,直接就是极速。

千里欲举枪,但为着冲火场,他的枪是背负的。谈子为举枪,打出个空膛,得重新装弹。

冲锋枪和卡宾枪的射程并不远,两人追射了几发,都放弃撞大运。

但是坡下的洼地里冲出个人来,没枪,斜向一石头扔去,正中脑门,那名驾驶员晕在方向盘上,他还踩着油门,这是闭上眼也撞不着啥的荒原,于是歪歪扭扭地扬长而去了——不知算幸运还是倒霉。

千里瞪着飞石头那家伙,恼火,却又温和,而那边犹豫,畏惧,但向这边跑来时简直雀跃。他翻过腰墙,下坡迎向万里,捡起曾被用来诱敌的围脖,一边下意识活动着巴掌,而万里也注意到他活动的巴掌,事先就护住了头脸。

万里:"我去给七连找路啊!我找着啦!"

"一条回不去的路?"千里伸出了活动开的巴掌,却是为了配合另一只手给万里套上围脖,"说多少次了都。裹上脸!"


## 六三

一泻到底还不够,七连的落点分散于半径近百米的一个范围内，有的没到底还得挣着下，有的撞在山脚，有的像曾经的千里，飞越路面直至扎进沟壑。人是个活物，这一路挣扎导致不同的阻力。

梅生是扎在路面上的，两只手先摁到硌人的车辙印，光摁到就让他勃然色变，他使劲揉眼睛。

他本来就在恢复，一直在恢复，现在终于恢复，所以他像千里一样，看到无限延伸也无法计数的车辙。

然后是一个奇怪的声音，梅生往另一侧看，他的脚踏车车轮都摔变形了，正在空转。没空心痛，梅生看到的是蹬在车梁上、不耐烦地打着拍子的一只军靴，然后他由此上溯，靴子来自一个全副武装的美军陆战一师高级军士长，单手端着卡宾枪，而自己正是枪口所指。

小杰登·怀特，仁川登陆的第一批。

他身后是坐在吉普车上的布雷登·乔斯，腋下夹着BAR（勃朗宁自动机枪）。小杰登是面若冰霜，他则是一脸好笑。

梅生由布雷登头上架着的M1919A4机枪展开视线，这是一支巡逻队——因战事紧急而武装远超巡逻需要的巡逻队——十多辆车，两辆霞飞轻型坦克，一辆灰狗侦察车，成串的威利斯越野车、道奇和半履带装甲车。

梅生回头看他的七连，七连还在飞流直下，在撞击，在人仰马翻，在救助伤员，绝对不可能形成有效反击的队形。

梅生再看跟他就隔着辆脚踏车的美军。美军情绪很活跃，在看这场奇观——在两门七十五毫米坦克炮、一门三十七毫米战车炮和成捆的M2HB重机枪和M1919重机枪后，看着这场奇观。

## 六四

歼灭三人，但就留下两支枪。千里捡起剩下那支伽兰德步枪，连着弹带扔给万里，觉得弟弟用不上刺刀也不想他用，就留给了自己："你有枪了，大八粒嗳。好枪。"

可万里不满意，不欢喜这支不合中国人手形的枪（志愿军喜欢卡宾枪）。

谈子为过来："我那有十九个土豆。半劈吧，你可有一个连。"

千里："不用。你可有两个排。"

大眼瞪小眼，乃至有些惺惺相惜。

谈子为："再见了，同志。胜利。"

千里："胜利……嗳，等会，这仗打得……现在到底什么情况？"

谈子为："真得等了。"他刚轻松些的神情又沉重下来："坦克。"

他看着冰原远处——梅生所见的两辆霞飞坦克热着机，这里看不见其形体，但看得见燃料燃烧不充分导致的黑烟。

千里有十年步兵的自豪："坦克都是瞎的。"

谈子为："可车是往那边去的。"

那辆从他们手心里跑掉的车正越过起伏的地平线。

## 六五

  七连正在渐渐明白他们的处境,于是鸦雀无声。梅生已经站起来,他的一个眼神让雷公明白了很多,往下相互的眼神传递又让莽货们并没贸然开枪,没法打。

  小杰登:"给我你的枪。"

  作为一个上海人,梅生连蒙带猜明白了他的意思,第一反应是紧了紧自己的枪,但那位看表情并不是要缴械,梅生终于交给他。

  作为穿插连,主官的枪不是仪仗而是实打实的战斗工具,所以梅生的枪是来自解放战争缴获的卡宾枪。小杰登娴熟地检查,确切地说是检查保养和清洁程度,神情稍霭。

  小杰登:"经常用,但很注意保养。"

  然后他继续用目光挑剔着这帮奇怪家伙的武器。这是个纯粹而老派的美国爱国者,所以七连的美械——比如平河的M1919A6——就让他很赞赏,而日械则让他不加掩饰地嫌恶。七连的武装主要来自抗战缴获的日械和解放战争缴获的美械,而他们被误认为的那支军队,此时恰好也是大量日械和少量美械。

  小杰登不满地嘀咕:"日本鬼子的破玩意……兴南港明明有堆成山的好枪。"

  梅生终于憋出了他想到的第一个单词:"What?"

  小杰登:"是的,我还没见到中国人,你也没见到中国人,可所有人都说,当见到他们,那就晚了。所以,即使在后方,我也会进行这种武装过度的巡逻,可你们在干什么?"他指着那道有下无上的雪坡:"在这场灾难一样的败仗中,找到了娱乐?"

梅生微笑。明白自己有可能蒙混过去的七连,全体微笑。

雷公边笑边把余从戎的手从本能中把着的手榴弹上拽开。

小杰登:"笑。可心里在骂我。"这位有道德洁癖的老军士因此叹了口气:"这场战争是不尽如人意,我们居然在栓动步枪和手榴弹面前败退。"

布雷登:"可我们在瓜岛和塞班岛还是很有荣耀的。"

小杰登:"可我们在瓜岛和塞班岛还是很有荣耀的。"

说得自己都伤感了的军士长挥手让巡逻队出发,自己也跳上车,为人师能上瘾的。

小杰登顶着布雷登的嘲笑,还是给七连来了一句:"要比敌人更明白——行动,是实现自我的唯一方式!"

梅生的回应是吹响了哨子,让散得不成形的七连瞬间成为衣衫褴褛、身心俱疲,但精神抖擞的四列横队。三排步兵排,一排炮兵排。

小杰登挥手势让车队出发:"你看他们,'一战'时代的武器,可能是同样那么一个……我以为他们不懂英语。可是布雷登你看,一旦动起来,他们不仅是军队,还是一支有荣耀的军队。"

布雷登的回应是递过一份C级口粮。小杰登纳闷地看着他。

布雷登:"他们快冻死啦。何不让他们的荣耀活着?"

小杰登叹了口气,但是把那份C级口粮甩到了梅生怀里:"我该给你们每人一份，可我的车上就带了一份。"

梅生用一种也许会爆炸的心态接住，作为一个有见识的上海人，他至少认出了其用途，于是他把那玩意当令牌挥舞号令七连："七连！抓紧！跟上！跟上！"

雷公："不打就不打，干吗跟着他们？"

梅生一口气几条理由："两个营也凑不出这几十个人的火力；时间地形合适就动手；跟着他们没人问我们哪部分的；他们走的和千里是一个方向。"

雷公："你到底是仔细还是莽啊？"

说归说，不碍他们四列横队变四列纵队，小杰登巡逻队本就要保障干道安全，徐徐前进，而七连跟他们接得看上去简直是同一个队伍。

然而前队怪叫，示警，直至鸣枪，他们发现了异状。灰狗侦察车前出，连枪带炮瞄上了那辆自冰原上歪歪扭扭轧来的道奇中吉普。驾驶员仍人事不省，灰狗的拦截成了一个八吨重的路墩子。道奇把自己撞停了。

布雷登："是G连的霍尔斯！"

霍尔斯堪称命大，迄今为止最重的伤是万里砸出来的，在同僚们的战场急救下悠悠醒转，他直勾勾地看着梅生这边，可至少中度的脑震荡让他的视力时清晰时模糊，他现在思维极混乱，只是无来由地觉得那队的土黄色叫他心悸。

梅生还意识不到，作为对方唯一和志愿军直接交战过的人，霍尔斯可能给七连带来灭顶之灾。可他也感觉到不对："战斗准备。手榴弹。"

余从戎："没距离。"

梅生看着那些拉开距离后能几分钟把七连清空的武器："不要距离。"

零距离作战,那就是惨烈的代名词。七连会意,预备——

然而布雷登抓着急救包过来,拦住了霍尔斯的视线。他把霍尔斯的脑袋包上了,一边躲避对方因脑部损伤导致的呕吐。霍尔斯嘴巴臭,但对同僚是很好的,否则他和小杰登也不会成为朋友。

霍尔斯终于清醒了些:"中国人!哈里斯他们都死了!"

于是神经快绷断了的七连看着人群分开,半路杀出来的道奇换了个驾驶员,霍尔斯也是个要强的,坐在副驾座上抱着痛炸了的头指路,灰狗和另两辆跑得快的轮式装甲车则分离出大队。他们甚至没走干道,直插冰原。

就没人搭理七连。就像美军之前和之后做的一样,把这一百多他们心目中的李承晚军当空气。

余从戎又一次把手从手榴弹上拿开,自己都说不清是庆幸是遗憾:"好像又不用打了。"

两辆霞飞也陡然加大功率,以便跟上提速的整支车队,对咫尺之隔的七连来说那是个震撼的动静。

梅生:"没有侥幸。第七穿插连,冲击速度!"

跟车轮飞转、引擎轰鸣相比,一百多人瞬时展开的全速奔跑是另一种震撼。

雷公在奔跑中提示:"连长,在那个方向。"

## 六六

千里等三人已经离开了半山民宅。

但三辆先头车加上去而复返的道奇,在起伏的雪平线上出现,并且一上来便是个便于展开火力的横列。

对美军来说,抵近了再打是不可能的,他们通常是从最大有效射程开火,一直打到抵近。于是千里他们瞬间便遭遇了十二点七毫米和七点六二毫米口径的弹雨,间夹着三十七毫米炮的高爆弹,准头不怎么样,可完全截断了前路。

冰原有些起伏但是一览无余,而追兵不怕射失数百发,只要命中一发。

千里:"回去!跑不过他!"

也只能回去。身前身后的冻土爆得像是喷泉。腰墙和院门在他们身前身后炸裂。千里把万里推过腰墙,至于他自己,是被37毫米炮弹爆炸的气流掀过来的。

还没爬起来,就对上了万里惊惶的眼睛,本来想骂,但从弟弟的眼睛里也看出关切、悲伤和不忍。

"没事,没事的。"千里呸掉了咬在嘴里的一股铁腥味,擦了擦,红的。"我管东?"

谈子为点头,一边伸出个大拇指以提振士气,然后检查着武器去寻找射击阵位——两人守这么块地,需要很多射击阵位。他也看出万里指望不上。

万里眼里涌动，没爆发出来，已经被千里架去一个安全的角落。

"待这。看哥杀出一条生路来。"千里生硬地做了个鬼脸，"你哥这十年的家叫第七穿插连，可也叫战场。"

四辆武装车辆驶近，半环形压在坡下，火力全开又是一轮压制，从腰墙到直瞄能够着的建筑全是目标——这并不能算错误，自动火器普及之后，瞄准再射击确实是贫穷而吃亏的打法。

仅仅三个中国兵，对骄傲的陆战队而言，等待增援是可耻的，六个随车步兵已经划拉着手势，沿着射击线摸向半山宅，身畔划过的弹雨就是安全保障。

在腰墙的遮护下，又是步兵武器的一通盲射，然后翻越腰墙，射击短暂中止。早就在伺机而动的谈子为开始射击，同样在等待的美军再度开始火力压制，问题是"螳螂捕蝉，黄雀在后"，一直猫在侧向没开火的千里也展开射击——两个老兵本能地就组成了交叉火力。

PPSH-41 冲锋枪以精准、高射速和笨重闻名，十五发每秒的射速中，翻过墙和正在翻墙的美军倒了俩。

四名美军卧倒在墙后，"Grenade out！"（扔手榴弹！）的警告中不约而同掷出的手榴弹倒有三枚。

美制 MARK II 手榴弹爆炸起来可不是边区造的动静。万里眼神发直，看着千里的背影，千里纹丝不动的待击姿势衬着金黄的爆焰和闪光。

然后是两枚烟幕弹，白色烟幕在喷射中迅速弥漫。当烟幕发散到一定程度时，四名美国兵越墙而过。

美军每一步都是继续挥霍子弹的传统项目，直到其中一个被烟幕里的一只手死死抱住，然后刀起刀落，刀起刀落，没有配套的枪，千里拿刺刀当匕首用。

另一边是谈子为，一支上了刺刀的卡宾枪，使出来却是教科书级别的拼刺技术，被他循声摸到身边的美军被挑开了喷火的枪口，胸口浅着一刀，丧失斗志奔向来处，谈子为追刺。

一柄刺刀扎来，谈子为划伤了握着刺刀的那只手，然后他和千里大眼瞪小眼。

谈子为："趴下！"

无意中离腰墙过近，灰狗又开炮了，击中了他们头上的屋顶。三十七毫米炮装弹很快，连续又是几炮。

从烟幕里逃出来的两名美军滚下山坡，灰狗在打掩护射击，却险些把那两位炸死。

千里："我还东？"

谈子为点头，爬回事先选好的另一个射击位置，一边爬一边拔出胳臂上扎的弹片。

千里往另一个方向爬行。

# 六七

梅生："七连！快！快！快！"

他自己都快把肺跑出来了，还在嚷。没办法，PPSH-41 冲锋枪极具辨识度的声音响得很真切，因为真切，也越发让七连感受到它被重型武器压得奄奄待毙。

小杰登巡逻队已经跑开了,即使速度不怎么样的坦克,跑开了的车队也不是肉腿子跟得上的,所以七连顽强地,或者说顽固地在吃车队的尾气。

先头车已经看见正在射击的己方车辆。损失了四个人之后,他们大概想把整座半山炸平。于是先头车驶下干道,整支车队驶下干道,驶向冰原。

梅生:"跟上!跟上!"他的哨子都吹得不成个调。

车队前突,小杰登却回头看着那队跑得筋疲力尽却仍维持着队形的"友军"。

小杰登:"以后不要说他们的笑话啦。他们急于参战,就像自己家里着了火一样。"

布雷登的厌战情绪让他并不看重这个,但是他另有角度:"不会的。我说他们的笑话,那就是笑话中的笑话。"

小杰登挥手,主力车队超越了原本四辆车的半弧形包围圈才停下,因为后来者有更坚实的装甲防护,而两辆霞飞坦克继续前出。美军的逻辑里从来不存在火力过剩。

## 六八

万里手足无措地看着千里的后背:千里后背上扎了根手指长的木条。

千里："拔就是啦。就是扎了根刺。"

万里于是生拔，然后血淋淋中更加手足无措，他发现那根木条不是手指长，是两根手指那么长。

"舒服啦。"千里强笑着摸万里的头，"笨，冒失，自己吓自己，可他就是我老弟。"

万里："你好好跟我说话，是因为我们都要死了？"

千里想撒谎又撒不出来，转移话题："看那个家伙，他真逗。"

"那家伙"是谈子为，因为听到异常动静，他正就着腰墙上的弹孔往下窥看，而后竭力用一只手向千里模拟滚动的履带和转动的炮塔——志愿军没啥战术手语，于是他被那哥俩的有趣神情气得半死，替之以夸张的口型。

千里学他的口型："大——车？打——它？……坦克？"

谈子为终于做出一个猛力下压的手势，然后趴倒，这回终于明白，千里压着万里趴倒。

远超三十七毫米炮弹威力的七十五毫米榴弹在屋脊上爆炸，让民宅的主结构坍塌。两发炮弹，另一发是过穿，穿过茅草屋顶，在遥远的山体上爆炸。

两辆霞飞坦克在开炮之后继续前出，一辆径直爬坡，一辆走土道，短停，又是一炮。

土道那辆不经意间碾碎了院门。守那侧的谈子为像只蜥蜴一样贴地爬行，为着隐蔽，在一个极近的距离上，把捡来的 MARK II 手榴弹扔了过去——手榴弹与其说是被扔过去的，不如说是滚过去的。

效果让人绝望：履带碾上了手榴弹，然后憋在土里闷响。爆炸了，但连爆炸都被碾进土里了——唯一的效果是坦克关上了舱盖，没来得及装弹，并列机枪猛烈射击。谈子为只好在弹雨中跑开，霞飞坦克将拥挤逼仄的半山宅地视若通途，推碾着建筑物追赶。谈子为疯狂地向侧向挥手，隔着建筑，那哥俩还不知道发生了什么——他俩就在霞飞坦克的碾压线上。

当和霞飞坦克就隔着一道墙时，千里终于醒悟，拉着万里狂奔，房屋在身后坍塌，两个人比一个人更招眼球子，改换了目标的霞飞坦克在身后追碾，二人躲进房子，坦克就推掉房子，躲进残垣，就再碾压一遍残垣。

宅地也就那么大，兄弟俩很快被逼到腰墙，然后腰墙在眼前炸开——全功率冲击的第二辆霞飞坦克把撞击搞成了爆炸效果，这个更猛，它的七十五毫米炮、十二点七毫米顶置机枪、并列和航向机枪一起发射。

千里把弟弟扑倒，他知道什么是坦克的射界死角，可第一辆霞飞坦克缓缓驶来！被夹在两辆坦克中间，以匍匐的速度只能被碾死，而坦克手显然也是这样计划的。

谈子为斜刺里冲出来，像个疯子，拖着条碗口粗的焦黑木梁，把那玩意捅进了第一辆坦克的主动轮和负重轮之间。能活到现在的老兵就没个不精的，干完坏事转身就跑，还是在第二辆霞飞坦克的追射下打了个晃——腿上着了一枪。

第一辆霞飞坦克因此迟滞，千里不会放过这个机会，拉起万里跑向它的另一个侧翼。第二辆霞飞坦克丢失了谈子为，转而射击他们，弹雨把它的队友打得火星迸射，停止。十二点七毫米的子弹是有可能打穿霞飞坦克侧甲的。

他们肯定在车际电台里商量了一下。第一辆霞飞坦克缓慢地小半径转向，把谈子为的杰作碾碎。在解放战场上这是有效战术，但那是很多人对一辆坦克，在这，不成比例。

第一辆霞飞坦克继续轰轰烈烈的拆房大业，反正仅仅这么一趟碾压，接近一个自然村的半山宅已经毁掉一半了。第二辆霞飞坦克就待在它原来的位置，承担火力支援。这是有效的，千里不是个一味落跑的人，可他抓着一枚手榴弹角度刁钻地冲出来，刚爬上车体，就险被七点六二毫米并列机枪打成漏勺。

以为哥被打死了的万里嚎叫，开枪，迄今为止他是第一个向坦克射击的。八发的弹量就他那打法也就是四五秒，他甚至没注意到打空跳出的弹夹。

千里爬起来，拖着万里跑进民居："你还真不如没枪。"

七十五毫米炮弹掀开他们刚冲进去的房子。能当掩蔽的房屋越来越少了。

## 六九

终于跑到的七连看见他们的连长在机枪攒射中坠下，如果没有之后的追射他们就会以为千里已经完了。

而一个班的步兵正从几个方向上坡，打算和他们的坦克会合。他们已经打算把这场小游猎打上句号了。

梅生压抑着喘息和大战在即的紧张："炮排待这。"

他们正路过的地方有一道浅浅的沟壑，凑合能做炮排的阵地。雷公当即会意，于是炮排留下。

梅生轻悄地用两只手在腰畔做出手势，让七连从行军队形分开成散兵线。对还把他们当友军的巡逻队来说，这被理解为防敌逃逸，在两道防线外的又一道设防——尽管毫无必要。

炮排麻利地掏出他们的家当：两具日制五十毫米掷弹筒，两门美制 M2 型六十毫米迫击炮。跋山涉水背来的炮弹被成排放列。掷弹筒用不着，但六十毫米炮需要预筑阵地。

心中十万火急，梅生的步子却不疾不缓，整条散兵线和他同步。巡逻队一多半倒是闲着的，分散于偌大的冰原，看球赛一样观望着战争。有人对他们这帮凑热闹的家伙报之以蔑视，有人报之以友好。

梅生则对蔑视者报之以蔑视，对友好者报之以友好。

梅生："慢慢走。近距离，最好零距离，最好跟着我们的炮弹一起冲过去，然后——"

余从戎："知道。"他拍拍挂了满身的手榴弹。

梅生："一定会误伤。所以别怕误伤。要有得选，我宁可死在我的战友手里。"

平河："我宁可……唉，算了。"他打开机枪的保险。

# 七〇

半山宅已经不存在宅了，只剩残垣，并且连勉强能藏人的残垣都在被继续清除。千里为他的冲锋枪换了个弹鼓,舍死冲到也剩不下多少的腰墙边,想找到条生路,看见的却是死路:正从各个方向攀爬的美军士兵,还没等看清远处那道诡异的散兵线,他被来自坦克和坡下的弹雨浇了回来。

回身便拉起正琢磨怎么换弹夹的万里:"跑!跑!跑!"

没什么地方可跑了,他和冲散了的谈子为撞在一起,不是巧,是真没啥地儿可躲了。

千里:"步兵。"

谈子为苦笑:"还好多事没做呢。"

千里:"帮个忙,感念你一辈子。"

谈子为不置可否地笑笑。

美军的步兵上来还是老套路,"Grenade out",几个手榴弹开路,然后在硝烟与爆尘中准备翻墙——几个点的同时爆发。

但是老兵懂得在爆炸下生存,谈子为几乎把自己埋在废墟里,压根没管在不远处翻犁的坦克。谈子为射击,美军据墙还击,这是场拉锯式的对射。

千里从另一处废墟里站了起来,余烬让他一身焦黑,手榴弹爆炸的硝烟未尽,所以他冲向硝烟,冲锋枪从跑动射击,一直打到抵近射击。那个方向有三名美军:一名被他击中,一名分了神被谈子为击中,因地势都是翻滚下坡,最后一名,千里却放弃了开枪,他隔着墙抓住了对方的衣领,较劲中仅仅靠堆垒的腰墙塌倒,两人滚在地上。

美军不爱拼刺,近距时他们更愿意选择手枪,对手刚才的乏力是因为在掏手枪。第一枪击穿了千里的腰侧,然后那只握着柯尔特M1911手枪的手被千里抓住,在争抢中不断轰鸣,折磨双方的神经。

谈子为换了一个方向阻击美军:那边如果再冲过来就是大家死。

枪口在角力中被拧往千里的方向,但是伽兰德步枪厚实的枪托抢下来,砸飞了美军的钢盔,然后再一下,再一下,再一下……万里麻木地殴击,在这场战斗中,除了和哥哥对话那一会,他基本是个本能型生物。

千里甚至没工夫去发声阻止,他去撕死者的衣服,没空解扣子,就是猛力地生撕。以至万里的又一枪托砸在了他肩膀上——于是万里停下来了。

千里撕下那件大衣,捡起钢盔:"万里过来。"

万里呆呆地过来。他呆,可千里迅猛,几秒内给他套上大衣,扣上头盔。万里泥雕一尊,由他操作。

千里抓住衣领一把将弟弟拖近——顺便用那个大衣领把万里的脸遮得剩不下多少,这有点像是拥抱。

千里:"不要跑,慢慢走。往没人的地方走,越远越好。听见中国话之前,别说话。别告诉爸妈,我死了。"

万里木愣愣地瞪着他,直到"我死了"三字才有些微的情绪反应。

千里想想,又摇头:"你决定吧。再看见爸妈,你就懂事啦。"

然后他揪着万里,推到腰墙边,特地让坡下看见,他们仿似在搏斗。然后他提起冲锋枪,贴着万里的肋下打了一个点射。

万里在千里的猛推下翻过腰墙,于是在坡下的美军看来,他是又一个在战斗中被击中的友军。

千里跑开，向另一个方向射击。谈子为一直在为他舍命阻敌，现在他们该并肩作战了。

## 七一

刚刚拖开两名死伤者，现在又滚下来一个。

布雷登呼叫正忙得不可开交的医疗兵："医疗兵！"

但那名滚落的"美军"自己就爬了起来，一瘸一拐地走开。

"一个幸运家伙。"布雷登招呼正看过来的医疗兵："不用啦。"

万里低着头走开，头几步是蒙的，当明白哥哥在做什么时，就是懊悔和羞愧，再走几步，已经成了他无法描述也难以承受的百念横陈。

这倒让他很像千里希望的样子：垂头丧气，被头盔大衣遮没了脸，情绪低落，自闭一样避着人，走得一瘸一拐，一个在剧战中受了心理创伤的美军。

现实的美国文化是，他人情绪与我无关，习惯以车为单元的包围圈又有很大空当，所以万里有惊无险地走过了两道车辆封锁线。

背后的枪声猛一下响得格外激烈，万里终于忍不住回头，回头的一瞬，眼泪汹涌而出。

他终于明白他的生命是用什么换来的，于是必须忍耐。然后泪水模糊中，他看到跟他面对面的散兵线，比前两道封锁更紧密的间隙，而对方似乎在看着他。万里把头低得不可再低，钢盔也拉得不可再低，企图通过。

他忽然被袭过来的人给左右挟持了，挟得无比结实。万里猛烈挣扎。

又晃过来一个人影，先捂住了他的嘴："小万里啊，真想就手掐死你。"

是余从戎，万里猛一下就瘫了，以前他听见这位轻佻的声音就有些蹿火，哪怕明知对方是好意。

从散兵线里分出来的两个兵立刻把万里拖走，直到扔进炮排所在的沟壑。

从大悲到大喜，万里仍浑身无力："我哥——"

雷公："闭嘴。"

两具掷弹筒和两门迫击炮早已预备完毕，射手是连雷公在内的四名老兵，他们单膝跪地，庄严得像是在进行一场祭祀而非战斗。

雷公头也不回，让他看手上的一枚六十毫米炮弹："你当我们在干什么？"

## 七二

步兵和坦克会合，结果不是一加一，千里和谈子为再也无法利用坦克的盲区躲藏，再无法杀伤步兵，坦克兵也可以露头射击，用远比主炮更让步兵头痛的舱顶机枪射击。

战场终于被压缩成就剩半角的民宅，这还是最完整的建筑。

十二点七毫米的机枪在穿透头顶的土墙,让他们只好死死贴在地上,不用开炮,仅仅机枪就能让这最后的空间坍塌。步兵藏在坦克后边,只要他们露头就会被弹雨泼回来。

千里:"最后我就想知道,这仗……这场大仗,怎么样了?"

谈子为看了他一眼,让千里觉得这人眼睛发亮:"胜利。"他伸出一只手:"我们好像没握过手?"

千里草草地跟他握了一下手。

然后等待最后。

## 七三

梅生前行,七连前行,他们已经和巡逻队的二围零距离,梅生的理想是和一围达成零距离,因为他们打不动的轻防护车辆——灰狗、半履带——全在一围。

每走一段就有一个或几个作战单位看似不经意地驻留,来自梅生的命令,他们在接近中完成部署。

梅生:"八班,一班,一挺机枪。沉住气。一围开打,一起开打。我们打不动的全在一围,要零距离,要跟它们零距离。"

平河:"我们打不动的是坦克。"他的认知是步入深渊,确实也是。

这是场仓促的战,仓促到全凭经验和本能,梅生也紧张,否则也不会反复絮叨边走边想出来的战术:"我们打不动坦克,没了步兵的坦克也打不动我们。不用想,不要想——"

他愣住了。诸多对他们的靠近或无视或蔑视的美军中，霍尔斯脸色煞白地瞪着他。作为一名重伤员他自然是待在二围的，斜坐在道奇上，臆想着往下的归国，直到看见一群和千里的制服完全相同的人。

梅生本能地感觉到危机："杀了他。"

但霍尔斯先发难了，他疯狂地去够扔在车上的步枪，喊叫则更为疯狂："中国！中国人！"

余从戎用长柄手榴弹砸在他的头上，这个除了手榴弹几乎不带啥的家伙会把手榴弹派到各种用场。

这是在美军的二围中间，同一辆车的美军讶然转身，连一围都在回头。

梅生大喊："打！"

平河以车为依托架上了机枪，子弹先穿透扑过来抓枪的美军，再扫向一围。余从戎把手榴弹扔向离他们最近的一辆车。

战斗瞬时爆发，并迅速扩散成从一围至二围的枪林弹雨。二围是最前沿，战斗者枪口几乎顶到了对方，后果就是枪枪咬肉惨烈至极。七连因事发突然占了些便宜，但这种便宜很快因武器的劣势而被拉平——因为梅生试图零距离而没能零距离的一围已经开火，超出梅生所做的最坏打算，那些车载的自动重武器在几十米的距离上就是暴风骤雨。


沟壑里的炮排，雷公等到了一直在等待的动静："集火！那个长轮子的坦克（指灰狗）！"炮弹早握在手上了，放开，往下该因重力落入炮膛，击发，出膛。

炮弹没入膛，碰到管口，落在地上。

四门发射器的四枚弹，没一发入膛，全落在地上。

小杰登就着车际电台叫喊："六点！六点敌袭！反击！构筑阵地！坦克！坦克支援！敌军在后方！"

二围里没被第一时间摧毁的车开始冒死发动，试图加入一围。七连的打法就是不惜一切拉近距离，哪怕车上的人正在向他们倾泻子弹，也要把对方留住。这远比枪弹攒射惨烈，有的车冲出去了，有的车在冲击中炸成燃烧的残骸。有的七连人被车撞死，有的带着满身弹孔追出最后几米。

梅生迅速明白一件事：就是这几十米，他们冲不过去，不可能冲过去。

梅生："放弃冲击！放弃冲击！固防！固防！"仅仅是回头看了眼还未发声的炮排，他就差点被一串机枪弹打死，于是梅生大吼："炮呢？炮呢？"

余从戎投弹，被平河拽了回来。一串子弹在身后犁地。

这是次失败的投弹，没有杀伤。

平河把机枪扔给余从戎，去操作道奇上的那挺 M2HB 重机枪，他娴熟地操作这挺他应该不会用的机枪。

十二点七毫米的机枪相当有威力——这也是七连没撑多会就被全面压制的原因。但平河迅速用 M2HB 机枪点掉了射击余从戎的轻机枪。

然后他被余从戎猛力从车上拉下来。

灰狗的三十七毫米炮正向他们瞄准，一炮中的，连道奇带 M2HB 机枪都成了废铁。

余从戎："我们的炮呢？！炮呢？！"

雷公的表情像要杀人。他还在往六十毫米的炮里装填炮弹，炮是那个炮，弹是那个弹，可就是装不进去。

几位炮手在做和雷公一样的事情，直到雷公抢过一门掷弹筒，装弹，装不进，再换弹，还是装不进。

雷公："我们怎么回事？！我们到底怎么回事？！"

## 七四

霞飞坦克的七十五毫米主炮发射。

于是半山的最后半栋民宅，千里和谈子为的最后庇护也彻底没了。

没死，但巨大的震荡是能瘫痪人神经的，两人任泥石灰木砸在身上，没奄奄，但待毙。

坦克轰鸣，看来是碾死。

然而轰鸣声不是靠近而是愈去愈远。

千里摇摇晃晃站起来，去扶也就还剩齐腰的墙，墙被他一碰就塌了。

这倒是让他和谈子为都有了视野：承当火力支援的那辆霞飞坦克正驶下山坡，它要去和一围会合巩固防线，当推土机用的霞飞坦克则把自己担在粉碎的腰墙上，借坡度来达成原本做不到的射角。

至于步兵，边射击边下坡，已经消失于视野。他俩没人管了。而当他们不再是集火对象时，坡下的战伐声无比激烈。

一个声音在嘶吼："第七穿插连！牺牲从我开始！"

声音在从猛烈蹿向更加猛烈中戛然而止，舍生忘死者死了。

谈子为："第七穿插连？"

千里愣了一会："梅生你个败家玩意！"

## 七五

梅生："不要冲击！不要冲击！"

可能怎么办呢？冰原上仅有的隐蔽就是被他们留住或摧毁的车辆，以及略有起伏的地平线，而他们面临的是跟淮海相比都堪称凶残的火力：三十七毫米战车炮、十二点七毫米机枪、七点六二毫米重机枪、BAR 轻机枪、M3 冲锋枪、M2 卡宾枪、M1 半自动步枪、M18 无后坐力炮、M20 超级巴祖卡……而七连是一支以栓动步枪为主流的部队。从小杰登收缩一围，战局就由武器而非战术决定了。

所以对很多找不到隐蔽的战斗单位，是必死的。被人压着打死，不如冲着死。于是梅生喊到眼睛充血，喊哑了嗓子，仍有看不到希望的人开始冲击，希望给战友冲出一个希望，然后殁于半途。

又是一个在无奈中爆发的三人小组："这就是胜利！从我开死！"

梅生："求你们！我求求你们！"

横担在坡顶找好了射角的霞飞开炮，于是那组人没了。

梅生："炮排！炮呢？！"

雷公的手在抖，拼命稳着，像对瓷器一样，想出现炮弹能装进炮管的奇迹。

没有。但他的细致让他明白了原因所在，明白了原因的所在更让他绝望，这种绝望一开始看来很冷静。

雷公："人没冻死，炮可都冻缩膛了。这娇憨货，缩那么一丝丝，你都是该装不进去就是装不进去。"

炮排没声。这是个你不如不要说的噩耗。

雷公："你们做过这样的噩梦吗？我老做噩梦，可真没做过这样的。"

兵们没声。雷公拿炮弹砸自个脑袋，这个犯浑举动第一时间被拦下来了。

于是雷公拿扳手砸自己脑袋："没炮呀。没炮呀。"

他早就崩了。

又是一次七十五毫米炮的发射，这回来自已经和一围并列的霞飞坦克。

躲在车辆残骸后的几个七连人连死带伤。

## 七六

出现在坡缘的千里第一眼看见的就是这个,第二眼他看的是身边的坦克,从来没对坦克开过枪,现在他扫射,直到被自己的跳弹崩伤。

谈子为摇摇晃晃地过来,推开千里,他手里拿着一枚手榴弹,他把手榴弹塞进炮管里。

他和千里一样身心俱疲了,霞飞坦克开炮,他连躲闪的力气都没有,这一炮是贴着他肩侧打出去的。

坦克炮射击的前向冲击是相当可怕的,谈子为看了千里一眼,直挺挺地仰天摔倒。

这一炮因为履带下土基松动,偏离,击中了远远的冰原。而霞飞坦克下滑,炮管杵进了冻土。

霞飞坦克履带碾压,又往下驶了一点,借地形调整射界。

千里蹒跚地过去,他手上拿着枚已经拉了弦的手榴弹,把手榴弹塞进了炮管里,再用刺刀卡住。他是瞪着那枚手榴弹在炮管里爆炸的。

但是没用,一点没用,霞飞坦克仍在调整射界,并且已经完成了装弹。这招也许能炸坏迫击炮之类的薄管炮,对坦克炮来说,机会渺茫。

千里径直走到霞飞坦克正前方,冲锋枪不知去哪了,他拿信号枪对着坦克糊了一发黄色信号弹。

航向机枪的枪管就在他眼前瞄准和调整,而他甚至不能阻止这一炮的发射。

坦克开炮。也许是之前的手榴弹损伤了膛线,也许是坦克又撞了一炮口的冻土,原本都机会渺茫,但俩因素凑在一起,却意外造成一次惨烈的火炮炸膛。爆炸甚至冲开了锁死的舱盖,让车里的零碎喷薄而出。

千里在冲击波作用下像个翻飞的纸人,他从坡上飞到了坡下。视线全黑。

# 七七

炮排阵地上,炮排的兵呆看着雷公砸自己的头,不是不心痛,而是每个人都有比这痛得多的痛。直到老头看来是要把自己活活砸死,终于有人回过神儿把他抱住。

万里呆呆地看着雷公,他看另一个方向,正看见千里腾空而起,然后消失于硝烟烈火之中。

一个就剩一条胳臂的步兵跑过来,他没法打了,所以被派来传令:"指导员命令,不问原因,可是炮排撤,七连得留个根。"

雷公惨笑:"他不问原因,我也不想说原因。"

他看着前沿的惨烈,又听见有人舍死冲刺的呼号声,然后他看他的炮排,更惨地笑:"你们做过最美的梦是啥?我那份是我冲锋,因为狗日的连长怕我吃枪子，给我摁炮排——我去他的战争之神！我冲锋，跟我那帮老兄弟、老哥们一块冲，我开心啊，平日我不开心，我是第七穿插连的第 17 号兵，从 1 号到 600 多号，我眼里太多死人。"

老头是发疯了，一手在军列上就被他磨得刀一样的军铲，一手扳子，就奔出去了："想长远的别动，七连是该留个种。不长脑子的就来吧。"他叹口气："打不出去炮弹，老子们自己就是炮弹啊。"

炮排都是不长脑子的，枪不多，但是锤锯斧锯……这些土木工具都迅速在万里眼前消失，有的抓一两个手榴弹，有的抓一把刺刀，当他们意识到炮弹也是个选择的时候，连那些塞不进炮膛的炮弹也在万里眼前迅速消失了。

万里去够地上的一根撬棍，那玩意也被人抢了，万里茫然后退了一步，脚跟下踩到了硬物——

两个不规则圆柱体落在之前掘出的炮位里，五十毫米掷弹筒的手掷炮射两用榴弹。万里一手一个地抓住。

## 七八

一线炽烈到无暇他顾了，没注意到身后这些沉默而缓慢走过来的人群。

雷公的声并不大，他本来就是说给自己听的："炮火准备。没炮火我们自个儿准备。"他抓住了一辆早炸毁的车辆残骸，用力，推不动。但架不住更多的手。残骸在各种推扛顶撬下奇迹般地移动，并且就着那股劲越来越快。雷公没晕到觉得能靠破枪和老工具砍出个胜仗，他是要用人命推进出零距离，好让被压得根本没法抬头的七连冲锋。

梅生："雷睢生你搞什么？没收到命令吗？！"

雷公："雷睢生搞什么？你们都死了炮排跑得过车轮子？屁话！我们推到跟前了你们再冲！一把拿下！雷睢生搞从我开死啊！"

炮排粗野地应和，残骸在前移，推动的人在倒下，但倒下也就是腾出一个立刻有人顶上的位置。

梅生："……全连冲击！学炮排的，全连冲击！不是学他们作死！我是说，利用掩体！"他的解释有点多余，一群百战老兵已经利用上了能当作移动掩体的一切，而且他们不是被动挨揍，平河这样的机枪手活动于被推移的残骸之后和之间，逮着空便是一通射击。伤亡仍然惨重，但至少是让美军大部分的轻武器减效了。

于是一直一米都推不上去的战线开始前推。本就几十米的距离，当推近到一个手榴弹的有效投掷距离，双方开始投弹，又一种惨烈，但对七连是个好信号，之前他们被压得甚至很少对巡逻队造成有效杀伤。

雷公百忙中对着后方咆哮："万里你滚下去！才来几天的小木鱼！"

万里茫然地跟着，看似这片杀场上的一个闲人。他想一起帮着推那具车骨架子，可每当有人倒下，都有一个人比他更快地补上，于是他捏着两个手炮弹，有种从未感觉过的多余。

万里对自己嘟囔："我觉得很久了啊。"

到处是冲击的人影,到处是卧倒射击的人影,到处是投弹的人影,到处是各种规模爆炸的爆尘,到处是艰难而惨烈的交替跃进和冲击。一道粗壮的弹道袭来,连炮排正推着的车骨架子也拦不住,两个炮排兵带着骇人的伤口倒下。

——来自剩下那辆霞飞坦克的炮塔机枪,射手为了射界打开舱盖在怒射,并且他把炮排推动的车骨架当作眼前的第一目标。

雷公:"弄死他啊!你们打冲锋的,倒是给炮排留个种啊!"可完全混乱了的战场除了万里没人听见,于是他又嚷万里:"万里你下去,图个全尸你也滚下去!"

万里:"弄死他?"

他晕乎乎地看看手上的两个手炮弹,下蹲,立起,旋身,甩臂。

双方本就在一个互掷手榴弹的距离,万里在长江边能拿石头砸人的船灯和篙杆,而现在……他砸在那名被雷公要求"弄死"的坦克手头上,那位一下缩回炮塔,与其说晕了不如说被吓的。

万里不知所措地回头,和茫然瞪着他的雷公对了一眼,雷公甚至比万里还要茫然,然后如丧考妣。

雷公:"……你败家啊!把七连能扔的全扔出去也碰不上这么巧啦!这个日本玩意儿你要找个硬东西磕一下才炸呀!"

万里蹲下,脚下有支炸断的枪,他在枪托上磕了一下,因为最近老挨骂,他很拿不准:"……是这样?"

雷公:"扔!扔啊!要炸啦!"

万里吓一大跳,还蹲着呢,他猛甩手,一个姿势绝对不规范的高抛投弹。

挨了砸的坦克手又钻出来,还在寻找刚才砸他的异物,然后高空坠物直接就着打开的舱盖掉进了坦克。坦克里很快传来惊叫声,那家伙手忙脚乱想逃离危险,然后就着炮塔里冲出的气流腾空而起。

坦克被废了。

万里:"我真不知道怎么做……老头你别哭啊,你刚哭过啦。"

雷公嚷得嗓子都变调了:"指导员!指导员!有炮啦!找到炮啦!"

梅生嗓子早哑了,也没空看,忙着射击:"那就开啊!"

雷公:"就他!他就是炮!"

## 七九

七连战歌:一声霹雳一把剑,一群猛虎钢七连,钢铁的意志钢铁汉,铁血卫国保家园。杀声吓破敌人胆,百战百胜美名传,攻必克,守必坚,踏敌尸骨唱凯旋。

千里是在歌声中醒来的。眼前是烈焰、硝烟与冰雪的焦土,耳中是枪声、爆炸、惨叫和呼号,而七连嚎出来的战歌简直声震四野。他看到一个七连的战士正向他跑来,在枪声中迎头栽倒,然后千里发现就在他身边,一个没能和己方会合的美军趴在那用伽兰德瞄准。

千里捡起块霞飞炸碎的零件,过去开砸:"打黑枪,让你打黑枪。"

砸两下他就倒了。被击中的战士又爬了起来,千里忍着伤痛爬起来，但先被战士扶起架在肩上。可这个救人的比被救的伤得更重，很快就成了相互搀扶，然后就成了千里扶着后来者。

那家伙年轻得像万里一样稚嫩，罔顾被打穿的胃，只是狂热地诉说："赢了赢了连长，连长我们赢了。我们炮冻缩膛了，万里用手投。真神了，从他手上飞出去啥都长眼睛的。他一个就顶几个，不，一个班，一个排。我真想我是他。我要是他就好了……"

残余的生命力让他的诉说倒更像嘟囔。千里一手拄着枪，一手搀着他，向七连主力所在的方向移动。

七连的幸存者把几个车骨架推成掩体，呼喊、唱歌和开枪。左右两翼不顾伤亡地佯攻，把火力吸引到自己身上。而这一切的中心是为了推动车骨架前行，万里在七连用生命制造的遮蔽后踱步，活动手脚，跃动，看上去嘚瑟无比，投弹。

做这些在战场上纯属多余的动作时，七连至少倒下两个人。

而那辆敞口设计的灰狗爆炸，并不是猛烈的殉爆，手榴弹没那么大威力，但灰狗这仗是废了，小杰登巡逻队再没有可以称为炮的东西。

七连战士："真漂亮……"

然后千里手上猛一坠，那个年轻的家伙在饶舌中死去了。千里把他放平在雪地上，极低的气温把憧憬冻在了他的脸上。

梅生在叫号："三班补位！平河你多吸引火力！"

余从戎和雷公在充当人肉供弹器，一枚手榴弹递到万里手里，而万里一接到那玩意就本能地抛接——手欠也好，找手感也好，他是一下子真改不掉。

余从戎："投弹啦投弹啦！注意掩护！"

梅生："肩射炮！炸掉那门肩射炮！"

于是本该后翼的平河前冲，然后被压制在洼地里死去活来，他是命大的，后边两个没赶上趟的被扫倒。投一次弹，两条人命，大致如此。

万里从另一个方向投弹，又一种夸张姿势，蹲下，然后立定跳似的整个蹿起，迫击炮式的高抛弹道，落点是洼地里的无后坐力炮。爆炸。

梅生被拍打肩膀，回头便被千里一拳砸脸上："给你的指挥。"

他拿过梅生的枪，走向万里，任谁都看得懂他要把人一枪毙了的心。他被拽住了，是梅生。

梅生："别说他，真别说他。说他就投不中。我们只有这个，我们真的只有这个啦！"

这两人太熟了，以致目光交接就明白了无限。

千里挣开，把万里扳了过来，于是看似神气活现的背影，却有一张哭得已经跑了形的脸。眼泪冻在脸上，成了冰霜，万里脸上纵横着冰霜，他在边哭边投弹。

从茫然到稍见神采，从机械的用人命换取的投弹中苏醒。

千里："是的，没死。没死就来找你，谁让你是我弟。我来掩护你，本来就该我掩护你。"

他从余从戎身上摘下一枚美制 MARK II 型手榴弹。

千里："拿好，拿稳。美国造。战利品。好玩意。边区造不炸都是寻常事，可它好几百铁片把人拌豆腐渣。扔远点，隔三十米它都能把人崩死。延时引信，不到五秒。"

雷公："太猛！你换一个！"

可千里和万里一人一只手握着那枚手榴弹，于是一声脆响，千里拿开的手上连带着个保险销："扔出去。要不一起死。"

梅生："……掩护！三班掩护！"

又一次玩儿命的跃进冲击。又有人倒下。万里投弹，因为耽搁时间有点长，在美军阵地上方炸出了恐怖的空爆：从天而降的杀伤破片下哀嚎盈野。

千里顺手又从余从戎身上掏一个："四十八瓣。战利品。日本尽出凑合能使的烂货，可我们啥也没有——不打完这一仗还是啥也没有。目标：机枪。"

他在自己枪托上敲开信管，递给万里。万里前冲，投弹，然后被几个战友横拖倒拽回来，为救他的小命又死了人。

爆炸。机枪组逃跑，副射手倒地，但爆炸过后机枪组仍返回来想带走机枪——这份英勇在美国值一枚铜星勋章。

千里又拿出一个，国造长柄："最烂的烂货。可我们带着它南征北战十二年，新中国和我们的盼头一半靠它炸出来的。所以，最好的东西，最烂的好东西。杀伤力差，只好一扔一大排。它还能绑一捆，碰上硬茬，冲吧。从我开死，新中国万岁！"他毫无疑义地又给拉开了："还是机枪。"

万里投弹，砸在正被美军拖跑的机枪上，两死一伤。伤的大叫"Help"，救护兵迅速地跑来，吐出嘴里的药瓶（含嘴里因为怕冻上）帮他注射。他没带枪，因此没被射击。

千里顺手又一长柄："巩式，花名榔头，敲脑袋比爆炸好使。我今天差点被它坑死……"

万里："我不扔了！我不想你们死！我真不扔了！"

千里："得扔啊。你的国家吧，睡太久啦，到了醒来想做点正事的时候，就只好付出代价。我们都是该付的代价。扔吧，你在救我们，不是坑我们。扔吧，否则都得死。现在我掩护你，我的命在你手上，你的命在我手上，第七穿插连。"

这枚手榴弹捅给万里，但没拉弦，千里自己也冲了出去，开始那种吸引火力的跃进和射击。

万里看了眼被压得左支右绌的哥哥，投弹。

直接扔到了正在压制千里的小杰登座车之下，爆炸。确实是不怎么样，整辆车被炸得像遇上巨浪的船，可铁皮加土炸药的结构甚至没进一步损伤车体，倒是足以让车上乘员亡魂大冒。

小杰登呼叫车载电台："呼叫支援！J巡逻队呼叫支援！"

电台里的动静甚至比他还大："呼叫支援！机场在被中国人围攻！成千上万！"

那边是真切的比这边更激烈的战场的动静，这是小杰登熟悉的，但还有一个对他来说完全陌生的声音，布雷登拽他，顺着布雷登恐惧的目光，小杰登发现那声音来自下碣隅里周围的山峦，此起彼伏，遥相响应。

小杰登："我从来没听过。可知道它是什么。"

布雷登："逃回来的人说过，中国喇叭。"

小杰登："是撤退！陆战队从不逃离战场，现在我们撤回机场！"

小杰登看了眼己方残存无几的兵力,就这场战斗,痛苦是双方的,他们其实早已饱受煎熬了。他挥手:"撤退!撤回机场!"

叫作撤退,实际上就是溃退,被七连的火力追射,又留下几具尸体,但七连现在也没有力气去追赶车轮飞转了。

他们很快就觉得撤得及时了,因为响过号声的每一处山峦,都出现了向冰原行军的志愿军。

就距离和速度不可能被追上,但残余的车队连伤带创浓烟滚滚地奔驶于冰原,忧心忡忡。

小杰登:"如果每一队中国兵都像刚和我们战斗的……"

布雷登:"别再说圣诞节回家,别再说回家了。"

七连仍有人试图追击,以筋疲力尽的速度,在追击中倒下,那是个打红了眼的伤兵。

梅生吹响了哨子,停止追击的哨子,他和千里看着那些还在走出山峦的友军,尽管他们还离得很远。

梅生:"大部队。找到了大部队。"

千里:"清点……包扎,休息,打扫战场。等大部队。"他不忍心说清点伤亡。

## 八〇

万里为杖,支撑着千里,他俩都本能地不愿意去看冰原上的战场,因为那里有太多七连的逝者。兄弟俩攀爬半山宅的土坡,千里站在那辆殉爆了的霞飞坦克面前出神,万里爬到坡上帮他找回了冲锋枪。

千里到另一个方向,找到了头下脚上躺着的谈子为:"一起,敬个礼。"

也就凭着他老兵的眼力,看出谈子为胸口还有一点点起伏,跪蹲,战场急救,一通猛搥。

谈子为开始咳嗽,猛咳出口痰来,伤痕累累,但让他晕厥的是强烈的冲击波。这家伙很硬,醒过来便推开伍家兄弟,试图在陡坡上直立行走,结果是一路翻滚直下,当兄弟俩追上他时,他已经又站直了,正在打量战场——从眼前冰原的惨烈到快要近前的主力军,整个战场。

谈子为:"赢了?伤亡惨烈,但是看来赢了。你不是问我这场战,这场大战到底怎么样了吗?"

千里和他看着同一个方向——越来越近的友军:"已经能猜到一点了。"

谈子为:"是,因为你们都是同样经历。见证和创造。两个军,八万多人,几百个像你们一样的小建制,穿越狼林,分割包围。朝鲜半岛的二十多万敌军和一千多架飞机全无知觉。这是奇迹。我们都是奇迹。可我们网住条鳄鱼:美陆战一师、陆三师、陆七师两万多人——之前还当是一两个团;上千架每天上百拨次的航空攻击,完全断绝的后勤,盖马高原的极寒天气,夜间四十度,零下,摄氏。"

千里有点跑神,因为他已经看清了近前的主力军,万里则是瞠目结舌:

比七连更单薄的衣物、比七连更形销骨立、比七连更重的伤,满目皆是这样对外界刺激——包括伤害——彻底漠视了的同僚，冰封雪冻下最有生命力的是他们的眼睛。他们以一种依照他们的体力堪称全速的冲刺，但实际只能是平常人散步的速度追击。他们挪动自己似乎不存在关节的腿，拄着支离破碎的枪，世界只剩下前方一个方向。不时有人倒下，倒下的人会尽最后的力爬到路边，因为后来者可能绊倒在他身上，而绊倒后很可能再爬不起来。

天地间只剩下一个声音：冻硬的胶鞋踩在冻硬的雪地上的沙沙之声。

谈子为："像你们一样，赢了，虽然惨胜。像你们一样，虽然惨胜，可是胜利。像你们一样，快冻死了，可还在追击。像你们一样的，到位即作战，不管还剩多少人，集结，战斗，因为只有打一仗，才能让惹事的知道和平宝贵。"

万里已经走开了，他像是着了魔，呆呆地跟随着从他身前经过的主力，尽管对方对他无知无觉。他瞪着一个同龄人裸露在外的手，那只手和那孩子反穿成白色的衣服完全是一个色的，不是覆着冰雪，而是从内到外的冻结。他走得像要随时跌倒，万里本能中握住那只手把他扶住，然后又被微弱而强劲地推开。万里感觉到手心里多了什么，他神经麻木地看着对方碎裂在他手中的小指。

手指的主人走了。

千里："这是哪里？"

谈子为："下碣隅里。"

这不是七连指令中的目的地。千里叹气："跑劈岔了。大劈岔了。"

谈子为："可是刚刚好。"他指着小杰登巡逻队逃逸的方向："那方向，美军前沿机场，唯一一个，最重要的指挥和调度中枢，后送和补给中枢，以及最重要的，唯一的后撤通道。今天？明天？也许下一个小时？这地方势必成为燃烧最炽烈的战场。"

谈子为来到千里一早看到的那两具遗体边，敬礼，然后细心地收拾起落在雪地上的土豆。

千里："你，要去哪里？"

谈子为："借你连的话，这就是胜利。胜利需要证明。我去证明你们的胜利。"他笑了笑："你真不要一半的土豆？"

千里摇头，他真不知道这位是如何把这两段连在一起说的。

谈子为庄重地向千里行礼，如此庄重，只能是告别。千里看着他和大部队走在一起，迅速变得难以分辨，因为他们都同样惨烈。

谈子为走了，和所有人不一样，一个更往西南的方向。

## 八一

之前的冰原现在已经彻底为九兵团占据，还在络绎地过部队，然后以高地为凭，小建制建立对下碣隅里的狙击阵地。

七连选择的是一番鏖战的半山民宅，断垣残壁多少能挡点寒，而且在这里打了惨烈的一仗，他们无形中已经有了点感情。

七连在休憩，就着那些焦黑的雪地和残垣。

千里一发一发彻底压满打空的弹鼓，梅生背他坐着，也望着遥远的友军阵地，连主官谈话是不能让所有人都听着的，包括眼前的战后统计。

梅生："……歼敌四十三人。缴获大量武器……"

千里："发下去。手拉栓换成全自动、半自动，哪怕不够——"

梅生："够了。"他满心苦涩，几欲饮泣："……我连重伤十九人，牺牲六十一人，所以，够了。"

这就半个连去了？千里有些恍神。

梅生："没吃的，没药。不是炸了，就是烧了。友军说后勤大晚上都挨飞机炸，长轮子的都过不来，骡马都过不来。人力运，背的还不够自己用的。"

千里站起来——这位是行动派："我去找点吃的。"

没吭声，但梅生把他那份C级口粮给砸了过来。

千里看了看："哪来的？"他扔回去："这他妈够全连吃？给伤员。"

梅生："伤员说给还能打的。"

千里又想骂人，因余从戎带进七连驻地的人而住声——一个军官，他不认识。

军官敬礼："你们是哪个团的？"

千里："彻底跑劈岔了的。"

军官深表理解地苦笑："多了去啦。我们在集结战斗骨干，打夜袭。宜将剩勇追穷寇，不可沽名学霸王。敌军还有斗志，甚至喘过气来就能翻盘。"

千里："我连加入。"

军官倒有点犹豫，他又看了看那些把自己挤在残垣里睡觉的战士，以及被七连收拾好整齐排列的六十一具遗体。

军官:"是很艰难的一仗。"

千里:"我们是你看到最惨痛的连队吗？"

摇头。

千里:"第七穿插连，很高兴加入。"

他看了看梅生，梅生在出神，在心痛，不是为将临的一仗，而是为刚打完的一仗，被他拍了拍肩膀后，梅生恍过神来。

梅生:"……天若有情天亦老，人间正道是沧桑。"

## 八二

夜晚的下碣隅里就像一个巨大的烟花燃放场。更具体地说，是被数个烟花燃放场包围在其中的一片漆黑——烟花场是陆战一师临时构筑的环形火力阵地，漆黑则是被阵地护卫的机场。各种各样的弹道密集地喷射和交织，甚至把以公里计算散布的火力阵给连在了一起：高爆弹是瞬间的灿烂，燃烧弹持久地燃烧，榴霰弹空炸成散布死亡的倒装花束，高射速的机炮在其中穿梭，照明弹把黑夜短暂地拉成白昼，烟幕弹给黑夜又蒙上一层视障。

九兵团在这一片绚烂中倒更像细细的红线——仅有轻武器的他们没能力制造出美军那样的夺目。红线前出，固守，试探，袭扰，穿插，渗透，有时燃烧，有时熄灭，有时又复燃，有时甚至猛出现在环形火力卫护的漆黑之中，然后那整片区域璀璨地炸开——那是他们用生命制造的爆炸和美军的集火，双方都在玉石俱焚。

绞杀，接战，厮杀。夜晚没有上百个拨次的飞机，夜晚是九兵团的时间。

## 八三

火力最炽烈之处：在略有起伏的高地上构筑阵地，推土机和加上了铲斗的坦克挖掘战壕，用炸药炸出单兵坑，用预制钢板铺设掩体，牵引火炮被拱卫着居于最高点，坦克装甲车和自行火炮居侧随时驰援，这样的数个环状火力网护卫着其后的机场、机窝和物资帐篷。如果对手稍具压制火力，这样集中和坦露也是找死，但偏偏他们现在面对的是只能用步兵发起平面冲击的九兵团。

而动静最大的不是中央阵地通宵达旦超强度发射的曲射火炮，是那些改打平射的高炮，极高的射击频率，极高的初速，用曳光弹道在雪平线上编织着火网。它制造的噪音和空气污染对发射阵地上的神经和心脏亦是折磨。

冰原上幢幢的人影卧倒、跃起，因为无处不在，稀疏又密集。曲射弹道在他们中间爆炸，直射弹道从他们中间掠过，但就像在用斧头砍伐水流。

驰援的美军坦克，立刻在手榴弹的袭击中炸得如同烽火台。坦克从浓烟和爆炸中冲出来继续开火——它没法阻止九兵团水银泻地一样的攻击，但奇缺攻坚武器的九兵团也无力摧毁他们。

千里的小分队在钢与火之中交叉跃进和冲击。不仅是七连，是数支本来素不相识部队的综合。

一个恐怖的射击声：一辆M16半履带自行高炮（防空车）驶出环形阵地，车尾向敌，用它的四联装十二点七毫米机枪封锁冰原。四条火龙把冰原上一个个交替跃进的战斗组舔倒。

平淡而悲壮。被死死压在雪地上的千里看着一队友军渡河而来，水最深也就齐腰，他们跌跌撞撞地冲击，有人栽倒在水里与碎冰一起沉浮，有人又在水花四溅中爬起来，几乎看不到水在他们身上流淌，因为还没开始流淌就已经结冰。

M16被这个意外的冲击逼到调向，还击，但千里所在的方向，一片披着白布的身影在雪地上爬行，跃进，再爬行。

渡河而来的友军仍在冲击，迎着四条在他们中间舔噬的火龙，冰雪迅速成为炸开的血红。最后一个冲击者——就是之前来七连半山阵地的那位军官——在冲至M16附近时终于被打断了双腿，他用断腿杵在雪地上又前行了几步，居然用齐根断去的大腿走出股意气风发，然后他把土制的炸药包杵在雪地上。距离原因，爆炸并没给M16致命损伤，但雪尘和他的血肉一块飞起，制造了巨大的视障。

终于能抵近到投弹距离的千里们投弹，不是万里一个，而是几十个。几十个手榴弹接踵而至飞进了那团雪尘。储备了海量弹药的M16殉爆时比春节时的集束烟花更为壮丽。千里们无心去看，他们甚至无心去顾及那上百道钻天猴一样却要人性命的飞窜。他们沉默地跑过，沉默地向环形火力圈的战壕里投弹，沉默地伴随着爆炸跳入战壕，射击和拼刺，沉默地完成这个前仆后继的仪式。

冲锋号吹响，在渐渐转亮的天色中雄浑而凄凉。

## 八四

战斗机的影子从雪地上掠过,美军的战斗机从空中掠过。机翼下是昨晚鏖战过的机场,被炸毁的飞机,被摧毁的战车,血红雪白,被突破过的美军阵地上有一个从空中看都惊人的爆坑。

美军失魂落魄窝在战壕里,或者四处游荡。

但是白天不是志愿军的时间,所以昨晚的血战残痕反而衬出此刻的静谧。

## 八五

小杰登窝在仍在燃烧、硝烟弥漫的战壕里,不远处是那辆炸得四分五裂的 M16,以小杰登的涵养,也忍不住对飞过的己方战机竖了竖中指。

小杰登:"记得那天我说……"

布雷登在写字:"如果中国兵都像和我们战斗过的。很像,就是。"

小杰登:"我们被突破了,虽然他们守不住,可我们被突破了。肉体怎么能突破坦克?你在写什么?"

布雷登已经写完了,很神秘地叠起来,他笑得有点神经质。

布雷登："回不了家，可我能向道格要求圣诞礼物。他准会把礼物送上前线，就算我们死了，也会送上前线——因为他就喜欢能上头条的新闻。"

小杰登："没那么糟。史密斯在准备撤退。"

布雷登："中国人占领了我们的每一条退路。"

小杰登："必须依靠空军。"

海盗机群在空中集结，这是一个庞大的机群，所有的承载都用来装载重磅炸弹。

小杰登："必须大量杀伤阻击我们的中国人。"

海盗机群向下碣隅里飞行。

小杰登："他们没有重武器，只要我们的装甲出击，他们就得抵近射击。那我们就集结装甲，引诱他们出击。"

下碣隅里的美军装甲部队正在整备，为了更扛揍一点，他们在装甲外堆垒大量的沙袋和原木。

小杰登："然后，地面指示，航空轰炸。"

看着被装进半履带车里的一百零七毫米迫击炮和成箱的烟幕标识弹，布雷登却提不起兴头来："猜一猜。如此详尽，我们的任务？"

小杰登看出了布雷登的畏战之意，生硬地："我相信荣耀。"

布雷登："我相信过荣耀。"他看着己方阵地里正在做射击准备的炮兵："直到我们把所有的炮弹都叫正义，所有的炸弹都叫荣耀。"

火炮发射。

## 八六

这批炮弹落在七连阵地附近,千里坐起来,看见平河抱着机枪坐在坡地边沿,外边有多天崩地裂,平河就有多静谧,静谧到结了一身的冰霜,千里瞪着他,疑似冻毙。

千里:"平河?"

平河连冰带霜地回头:"啊?"

千里倒头就睡,实在是昨晚的夜袭太累:"哦,没死。"

可以为阵发性的炮击不但没停,反而不断有新的炮群加入,把冰原犁了一遍又一遍。千里终于起来。

千里拿起望远镜瞭望:钢铁的车流漫出机场方向的环形火力圈,白天到了,是它们的时间,于是猛烈地开着火,漫过雪野。九兵团驻扎在沿路各高地上,他们的轻武器对任何带装甲的玩意都一筹莫展,只能冲出阵地,近距离施以爆破。

坦克也不敢恋战,一旦陷入志愿军的包围,弹如雨下,志愿军会破坏履带,纵火焚烧,并且还有极稀罕的反坦克手雷和爆破筒。冲在最前的几辆坦克挟着浑身的火焰,当乘员终于忍不住跳车时就被后车撞开,或者驶上冰原,另外开辟一条路。

它们确实吸引了大批的志愿军。

千里:"我们围的是指挥部?"

梅生已经在吹哨集结,他们也将加入友军的阻击攻势:"师指挥部。"

千里："没卡车,没辎重,没后撤人员,没伤员,只有坦克的指挥部?"

但是装甲集群已经冒烟突火地冲过来,如同雪崩,七连连雪带泥地跃出阵地冲下陡坡,加入攻势。

## 八七

千里惦记的卡车在这。史密斯师长爬上车头,美国人一样讲究战前动员。

史密斯："我们只是撤,不是退!我们撤回兴南港过一个美好的圣诞节!然后我们再回来,回到鸭绿江边!"

冻伤的,战伤的,挤在远远超载的车上,没什么效果,没人想回来,正常人真的并不那么好战。

史密斯："空军的炸弹将会为我们开路!我们驶过敌人尸骨铺成的路!"

卡车热机,他们在等待那场计划中的空袭。

## 八八

一辆半履带装甲车混编在坦克群里。

小杰登在用电台和海盗机群联络，布雷登和几个士兵紧张地扶着那门一百零七毫米迫击炮。周围的杀声、军号和爆炸喧天，而他们不幸是这个装甲群中装甲最薄弱的部分。

小杰登："海盗，海盗，负鼠标记，第一发，橙色标识弹，第二发，红色标识弹。"

## 八九

徘徊在战区视野之外，集结了大批轰炸机和战斗轰炸机的海盗机群。

海盗（机群代号，非机型）："海盗就位。重复，第一发，橙色标识弹，第二发，红色标识弹。然后，领航机引导投弹。"

## 九〇

装甲车队强行撞开了被击伤的己方坦克——跳车逃生的坦克手死于接踵而至的弹雨——把某单位推过来阻拦道路的原木撞得粉碎，而那段原木把几个冲上来的九兵团战士扫倒。

继续狂飙，一心一意与追兵拉开距离。

小杰登："收到。狩猎顺利。"

海盗："回家顺利。等待引导。"

一名士兵仅仅是探了下头,被击中头部直挺挺栽倒——来自七连的追击。

七连在沿着干道的冰原上狂奔,他们现在是最靠近装甲车队的部队之一。

布雷登:"他们追上来啦!上千人!"

小杰登:"下车!我们得下车!"

厌战,但并不缺乏勇气,布雷登推搡着畏而不前的士兵,履带车停驶。流弹打在装甲上,铿然作响。

布雷登:"准备!准备!开舱!"

打开舱门他们先就是一通盲射,步兵掩护下迫击炮组把七十多公斤的一百零七毫米迫击炮身和三十多公斤的座钣搬运下车,在大口径炮里这已经是最轻巧的了,再小就无法保证发烟量。

不需要准头的概约射击,炮组也无需费心思去筑构阵地,仅仅是装配好,装填有特殊标识的烟幕指示弹,最小射程,向着追击而来的九兵团准备发射。

一阵弹雨把炮组扫倒。平河第一个到达射击位置,在射击中打开M1919A6机枪的枪架。

千里和七连冲杀而至,于是又是一场短兵相接的惨烈战斗。七连占不着什么便宜,因为他们要应对的还有半履带的护卫车。

千里在榴弹爆炸和重机枪的弹雨中咆哮:"盯死那门炮!盯死那门炮!"

剩不下几个的迫击炮组在七连的集火中倒下。但是布雷登跳起来,这家伙牢骚满腹,但战场直觉和战斗技能也同样拔群,他在弹雨和手榴弹爆炸的间隙中，独自完成了一百零七毫米迫击炮的装填和发射。

航空标识弹出膛，被设为最小射程，它没飞多久，大倾角扎在七连中间。

梅生："趴下！"

那玩意都快有人胳膊长了，七连准备迎接一次巨大的爆炸和伤亡，但是没有，它大倾角扎在土里，弹尾的开孔喷射出浓郁的橙色烟雾。它装药量极大，烟雾瞬间就吞噬了大片空间。

千里抬头，看见空中数量恐怖的机群飞临，引导机已经开始压低俯冲。他看了眼身后，多少个连队的友军正在冲刺赶来，让他有大祸临头的感觉。

千里："是指示弹！把我们当靶子标的指示弹！干掉炮手！别让他再打啦！"

会保命的不一定能打，但能打的一定会保命。布雷登就着地形把自己挡得严严实实，遮蔽物都被削掉了一层，可他成功地又搬起第二发标识弹。

千里："万里！"

万里："太远！……没问题！"

太远，他解决的办法就是往前冲呗，他可不会余从戎那种时匍匐时跃进的自保，就是抓着手榴弹一个愣冲，并且把这个冲刺过程当作助力。

梅生："回来！没掩护！掩护他呀！"

但是没有掩护，因为千里几个都正被护卫车的车载武器压得抬不起头来。于是另一侧的梅生自己掩护，他的掩护很凶猛，跳起来，追着万里跑,一边和瞄着万里打的小杰登对射——两支卡宾枪的对射。

不再承受小杰登的射击,万里终于在极限距离上完成了他的投弹。而布雷登看着那发手榴弹飞旋而来,在喧嚣中它几乎是无声的,但确定它跟自个儿的小命有不解之缘后,它成了布雷登目光的焦点。这家伙的人品够格拿一堆勋章——他仍然发射了那枚炮弹,然后丢掉了一切掉头狂奔。

梅生在对射中终于是没赢了有半履带遮护并且是静止射击的小杰登,一个连发从他腿上带走了大块的血肉,他又踉跄了两步,把万里扑倒。

小杰登没再做追射,他直接把枪扔了,奔向布雷登,因为他看着那个手榴弹已经飞临布雷登头顶。

小杰登:"布雷登!跑!"

因为在极限距离上,万里扔出了一个空爆,奔跑中的布雷登猛一踉跄,冬衣也遮不住他背上渗出的几块血迹,然后他越跑越慢。

第二发标识弹落地:红色烟雾。

小杰登:"跑!快跑!"

从他的位置看不出布雷登已经受伤,布雷登艰难地奔跑,虽然跑不快,可他们的航空指示任务已经完成了。他本来是不用死的。

# 九一

白色的硝烟和黑色的爆炸中,没有比橙色和红色更醒目的。"海盗"进入攻击航道。

海盗：

"伊索用蜡烛的光装满房子——"
"现在我们用爆炸填满山谷——"
"呼啊！"

他们掠进战场。

## 九二

因为看穿了对方要做什么，所以千里知道对方往下要怎么做。

千里："……第七穿插连！把友军堵回去！"

余从戎看了眼简直是漫着山谷冲来的友军："怎么堵回去？这架势炮弹也炸不回去啊！"

千里索性对友军头上扫射，可按千计数的杀红了眼的人，炮弹炸过去都不带躲的，置若罔闻。

雷公："千里啊。"

千里："啊？"

雷公："这个门出得太远了，别把我扔这。"

千里还在做徒劳的拦截："啥？"

雷公："听不懂算了。"

于是雷公冲向离自己最近的红色标识弹,把十几公斤重的炮弹夹在腋下,然后他冲向那枚橙弹。

七连短暂地哑了:发烟剂在弹体里高温高速高效地燃烧,所以雷公形同夹着十几公斤的烧红的铸铁,这致命却还不是最致命的——发烟剂对人类的呼吸道就是烧炙加腐蚀的剧毒,所以雷公现在在承受从表皮到呼吸道的炮烙。

恶言恶脸的老头现在已经挟起了橙弹,痛苦让他有了超常的速度,橙红的烟雾中挟带着一个恶形恶状的身影,也夹杂着他痛苦的嚎叫和咆哮。他冲向美军的装甲车队时腋下已经开始有了燃烧的明火——就像,用烙铁点燃纸巾。

雷公:"伍千里你给我带好了七连!好歹把剩下的带回去——这他妈就是炮烙啊!"他很快就语无伦次,就剩下几近放纵的惨叫,然后声音很快就喑哑了,因为声带已经焦煳了。老头本来就不漂亮,现在像只七窍流血从煤渣里拱出来的活鬼,这只活鬼以屁股着了火的速度冲向几乎和追击部队混为一体的美军。

正被万里搀扶的梅生挣脱了万里的搀扶,但雷公因痛苦而爆发的速度让他抓了个空。

梅生:"拉住他!拉住他!"

千里:"不!掩护他!掩护他!"

他做出了正确选择,这人已经救不回来了,别让他被击倒在冲刺的半途才是真正珍惜其生命和痛苦。七连疯狂地开火,像是忘了弹药也吃紧这回事。

布雷登狂奔,虽然越来越慢,但就他现在的状态是狂奔,然后他看清了目光发直的小杰登，小杰登见了鬼的神情让布雷登也因此回头——

身后疾奔而来的人肉烽火台让他心跳都漏掉了好几拍。那座烽火台已经说不出成形的语句了，只是嘶吼，不是人类的声音，只是任由文火大面积炙烧肌肉和化学烟雾烧烂心肺。布雷登刚才以人类的勇敢极限完成了他的部分，而雷公则是超越人类的承受极限征服了布雷登完成的部分。

布雷登："我的上帝……"他已经看到了飞掠直下的"海盗"机群首机："……给我明天。"

海盗的引导机为了精确，是在俯冲轰炸，用的是机翼下的成排火箭弹，火箭弹除了杀伤之外也有着色，也是红色和橙色。

于是暴雨般的火箭弹以布雷登和雷公为中心尖啸而来，尖啸的声音连成让人心跳加速的一整片。然后橙色红色，橙色红色，在地面的橙红标识周围绽放一朵朵艳丽的小型蘑菇云。

第一批炸点就把布雷登和雷公都湮没了。

千里："卧倒！分散！隐蔽！"

他几乎是胡乱在下着命令，被扩张的爆尘吞噬的同时，他很开心地看到不仅是七连，追击的九兵团都在就地卧倒和隐蔽：毕竟这种规模的航空轰炸，出于本能也会那么做了。

第二批，第三批，第四批……海盗机群相继进入轰炸航道，投下他们型号各异的炸弹。美军确实在用爆炸填充整座山谷。

钢珠弹用成千上万的钢珠划着白色的烟迹，在地面和天空之间盛放巨大的雏菊；高爆炸弹在雏菊丛中造就火色的艳红牡丹；子母弹是无数个在半空被释放，然后尖笑着扎向地面的小魔鬼；凝固汽油弹把刚制造出的花园变成从冰雪中腾飞的火山。

## 九三

小杰登把自己抵死在半履带车的死角里，而车外是火山爆发般的山崩地裂，他如果不抓着什么都能被从车里摔飞出去——而车现在是停着的。

小杰登："布雷登！布雷登！……天哪！布雷登！"

他身边，被震落的无线电通信里乱成一片：

"海盗，你在攻击友军。重复，我们是他妈的友军！"

"我们像做爱一样认真瞄准你们给出的标识！"

"橙色和红色？！"

"橙色和红色！"

"我们失败了。车队撤回机场。"

"我们撤不回机场！开着坦克我们也撤不回机场！我们挨炸了！听好，我们被我们自己炸成了一坨屎！"

"……车队撤向古土里。"

当确定误炸时，海盗终于没有扔完他们至少十个批次的炸弹，而是充满失败情绪地在战场上空徘徊。小杰登将头探出弹痕累累也焦痕累累的装甲，目之所及的战场已经焦煳了：二十世纪五十年代可没什么精确打击，它就是铺天盖地按公里算的猛糊过来。九兵团不是没遭受打击，但雷公把标识弹搬得离美军更近，现在两军之间几被炸成一片真空，而车队挨炸实际上更多。

而小杰登立刻看见了布雷登的尸体：一眼就看得出来，真正给他致命重创的是己方的炸弹。

小杰登扑过去，沉默地施以急救，直至确定这个人早已完了。

随着硝烟渐散，他看见不远处的几个人：七连，千里和梅生几个同样想救回雷公，雷公现在看上去比布雷登惨得多，根本是焦煳的，所以他们现在像小杰登一样悲伤。硝烟散到双方可见，第一反应是举枪。但小杰登没摸到枪，他之前扔掉了自己的枪，所以他对着至少两个枪口。

小杰登撕开自己的衣服，点点。不是置气，他是真的轻生了。

两边呆呆地对视着，可能是因为相同的悲伤，也可能是因为之前的善缘。梅生并没说什么，七连始终没有开枪，但他们警戒着。

千里他们背着雷公无声地没入了硝烟。

小杰登愣了一会，百感交集，但他一时无法征服他的仇恨。

扑回车上，抓起了无线电："杀死那支中国军队！杀死那支混进我们中间的中国军队！"


## 九四

平河背着雷公，千里背着梅生。

第七穿插连，伤亡惨重，心力交瘁，奔行于完全陌生的异国森林。

画外是飞机低空掠过的呼啸声。

余从戎："穿插连真没白叫。我们又被追得和大部队失联了。"

## 九五

雷公坐在七连的指战员和骨干中间，他终于不再冒烟了，但是焦煳的。千里跪在他身边，把自己的肩膀当作支撑老头上半身的支架，两个人做一个"X"形，而梅生帮老头脱下衣服时，上百颗钢珠掉在地上，这仅是没穿透的，算上他躯体里的肯定是个更惊人的数目。但雷公之死在抱着发烟弹冲锋时就已注定，与这些钢珠无关。

很长一段时间，人们听着雷公喘气的声音，其实很粗重，但他们小心翼翼地寻找，因为总觉得随时会丢了。没人敢说话。

雷公敢说话："千里，我问你，打这么些年仗，有没有这种人，明明死了，可你就觉得他们活着。不是活在心中的这类文化词，是你真觉着他们还跟你一块吃饭睡觉，吹牛打呼，真活着。"

千里很认真地想了想："有时有。"

雷公："多吗？"

千里仍然很认真地想了想："不多。"

雷公："那就好。我很多。从说'中国人民站起来了'那会，就比多还多。第七穿插连，第17个兵，第七穿插连677个兵，第七穿插连前边的还没算，你说我这眼里头有多少人？"

千里："第七穿插连第17个兵不是好当的。"

雷公不置可否："所以别当回事。不是我不想活了，是我太想他们了，明白？"

千里："当然，明白。"

雷公："现在，实话说，炮排的娃娃还剩几个了？"

千里："两个。"

雷公其实是连眼睛都快熏瞎了，但他看见万里：那家伙站得离这十几米远，学着余从戎把手榴弹左一个右一个地往身上挂，同时不转睛地瞪着雷公——这景象让雷公眼里放了点光，居然生了点希冀。

雷公："还有一个，那是谁？四牛？大嘎？还是小耕？"

千里："连你在内，两个。"

雷公："现在我真不想活了。让我看看你。"

千里扶住了雷公肩膀，他的表情很平静，对着雷公的一脸悲伤，然后雷公一耳光抽在千里脸上。千里仍然很平静，很平静的一种崩溃。

千里："太轻了。真的，你打重点。"

雷公叹了口气，真是尽在不言中："就这么重啦。你我就一巴掌的怨气，剩下的就都是好。"

千里："我说实话，新兵时把屎拉你鞋里——嗯，那不是崔猛，是我干的，小崔也没了。老兵时拿复装弹偷换你刚缴获的子弹——对，那不是百里，还是我干的。百里也没啦。我打当连长就跟你倚小卖小，防的就是你倚老卖老。"

雷公惊讶得直眯眼睛，过了会："算啦算啦，我下去揍你哥去。

给我说句开心的，送送我。"

千里瞪着雷公正在眼皮底下消逝的生机："你照顾了很多人的活，还想照顾到他们的死，所以每次打完仗，你总挨家挨户去送骨灰坛子。我知道你特难受那个。这回不用难受了，这回我送你。我会接过来，把你的难受接过来。"

雷公想了想，脸上绽放一个堪称灿烂的笑容："这可真好。但是别难受，无非人来人走——现在，炮排集合。"

炮排集合……连梅生都愣了一忽儿，醒过味儿来的余从戎和平河把万里挟过来，万里愣了一会，选择像哥哥一样把脸递过去。

万里："你打我可得重点。"

雷公："……我干吗打你？"

万里："嗯，反正都是我的错。"这不是气话，他从明白他的投弹是以他人生命为铺垫时就这么觉着。

雷公："叫你过来就是想说，小万里，没见过比你更没边的小孩，可你真没做错。你要是错了，这里所有的人就全得像我一样煳巴了。干得漂亮，万里，小混球，干得不错。"

万里愣着，一个人被否定太久了，会不相信赞扬，而现在这种赞扬，让他觉得歉疚和悲伤，而他又那么要面子，不愿意表露歉疚和悲伤。

雷公："还有是我要跟你道个歉啊。这事是从我这闹起来的，小万里，你可能是个二杆子兵，可你不是一门炮，真不是一门炮。"

他瞬间触及了万里心里最大的悲伤，还是万里一直鲠在心里却无法表述出来的，让万里都蒙了。

雷公:"这仗完了你也许就是个战斗英雄。可你还得是小万里,孩子、胡闹、蹦跶、二乎,因为,看着烦,可没啥比那个更好。"他瞪着千里和梅生,居然又出来了平日的凶狠,因为他要个保证:"别把他当炮。"

梅生立正,肃立:"伍万里同志是第七穿插连第677个兵,是我们最小的小兄弟,他不是一门炮。"

说完了他仍肃立,强拧着脖子以免让眼泪溢出来。

一片肃静,因为雷公死了。

三十几个呼吸此起彼伏:死的是雷公,不是别人。

沉默了很久,没人说话。

千里:"……他其实很爱热闹,贼爱扎堆。"他哭也似的强笑了笑:"他说别把他扔这。想办法,带他回国。"

梅生:"火化……这是我们都不知道是哪的敌后,明火是找死。"

千里:"必须完成。"

万里已经去完成了,拿了把刺刀,找了处他觉得还不错的树下,开始凿土,跪着,刺刀高举过顶,然后猛一下凿下比指甲盖大不了多少的那么一小块冻土,这是个让人绝望的进度,但是余从戎加入,平河加入,七连所有幸存的人加入。

梅生:"……也是个办法。得留个记号。"

他过去,清掉一块树皮,然后在上边刻出一个五星。很不满意地左右打量——强迫症的人在这时候总有点强迫症——而且,那不够醒目。

千里没梅生那毛病,过来,在自己掌心上划了一刀,然后一把血抹在五星上。现在醒目多了。

梅生"什么烂主意"这种表情地睨千里一眼，但这不妨碍他给自己也来了一刀，然后让那一小块更加殷红。

梅生想起来，从自己行囊里掏出那份C级口粮，因为不够分，干脆就没分，现在他端端正正把口粮放在已经初见雏形的冻土坑里，然后回头，迎接千里"你这主意更烂"的眼神。

梅生："你说的，反正不够分的。他得上路啊，他出远门。"

十几件临时凑合出来的工具此起彼伏，没有更多是因为那方寸之地容不下更多的人。

雷公安详地倚在树上，看着七连为他收拾临时的休憩之地。

间或地有人出来，对冻土做那样的操作让他们连划一刀都省了，因为手都烂了，于是他们把血抹在那片殷红之上。

于是殷红愈发殷红。

## 九六

天空有几颗星星很规整地闪烁，那是美军往战区空投物资的夜航灯。

千里和万里坐在林边看着，没这个意识也懒得意识，剧战和巨大的悲伤之后人基本上就是真空。

万里："哥，我可能快死了。你不用带我回家。"

千里没转头，睨着弟弟，看着万里在那幼稚又老成地述说愁事。

万里："也不用埋我。"他看着自己烂掉的手，那现在属于不值得包扎的伤："太累。不想累死你们。"

千里："怎么个意思？"

万里很认真地戳了戳自己的心脏，自我诊断："我这里痛。一挣一挣地痛，一胀一胀地痛，有时要裂开一样地痛，刀子扎一样地痛。咱老家也有人这样，没多久，他死了。"

千里："啥时候有的？"

万里："你把我从山坡上推下来，让我自己走那会有的。后来就常有，现在特厉害。哦，还得早，瞒着爸妈跟上你那会就有了。不过不厉害。"

千里："站起来，这病能治。"

万里乖乖站起来，千里看着弟弟，从来不走心的家伙现在在心痛，那是个陌生的感受，万里又痛又怕，喘不过气。不到一个月，万里体会了许多的第一次：第一次别离，第一次负责，第一次勇敢而非放任，第一次自豪，第一次体会团队，第一次认知国家，第一次见证生死，现在是第一次心碎。

千里一拳抡了过去。

万里愤怒："你干什么？"

千里："挨打的地方痛，现在是不是心里没那么痛了？"

万里愣了一会："好些了。"

千里："欢迎你来第七穿插连，因为这里没痛过，那是走过七连，不算来过七连。你且不会死，长命着呢，那叫难受。"

万里："我难受过，不这样。"

千里："那叫真难受，那叫心碎了。"

万里："可是我还痛。"

千里："那是你以前太不走心，现在又太走心。万里，你不是炮，你尽管又彪又二地活着，可人上边，走点心。"

他又一拳抡过去，万里甘之如饴。

千里："还手啊！挨打就要还手啊！我也痛，我也痛啊！"

万里："……哦。"

于是兄弟俩不闪不避，你一拳，我一拳，间或会有"还痛吗""还痛"的互相询问，这种询问或回答并不一定来自万里。

殴打后来成了雪地上的拥抱，气喘吁吁，但是平静。

千里："真不知道爸妈看见你成了这样，是难受还是高兴。"

万里："我也不知道。"

旁边忽然有人问："第七穿插连？"

兄弟俩回头，看见让他们心脏都能骤停的一景，在来时的一路看熟了的一景：团直的那名骑兵传令兵，骑在马上驰骋而来，雪浪在马蹄下翻滚，他们的前进艰难而一往无前。

惊讶，或者说惊喜地忘了回答。

传令兵于是又问了一遍："第七穿插连？"

梅生连跑带爬地从林子里蹿了出来，他是狂喜："第七穿插连！团直……"

可是传令兵连人带马撞在一棵树上，马翻倒，挣扎着往起里爬。传令兵先从坠地中爬起来，艰难地走向他们。

传令兵："我来的方向，七点方向，祠鼐大桥，友军部队，急需增援，必须增援，否则，没法打了。"

他的声音又断续又急促，千里他们理解为长途跋涉后的呼吸不匀。

千里："团部呢？大部队呢？"

传令兵比万里还稚嫩的脸顿时黯然："打散了。我也在找，一直在找。最后一个命令是各自为战，但团结一心。这是胜利。完毕。你们饿不饿？"

对千里和梅生这不是一个好消息，其实是坏到让他们对后一句没反应的坏消息。

传令兵看着他还在挣扎的马："它叫春生。春生两岁。我双手把春生从它妈肚子里拽出来的，班长说这马会一辈子记着你。春生冻瞎了。"

他说得像是没啥感情，语法是刚过扫盲班级别的稚嫩。但是往下千里他们知道这孩子做了多大的舍弃："它是我的朋友，所以吃的时候你们千万要记得，它叫春生。要保证。"

千里："我们不吃……"

传令兵对春生开了一枪。

千里不想说，万里不知道怎么说，连梅生都不知道怎么说。

传令兵："七点，祠鼐，急需援军，没有援军，你们是最近的援军——祖国在什么方向？"

茫然，但是梅生指点，那是悬崖的方向，有着皎洁的月光。

于是传令兵在雪地里艰难地走着，祖国和月光吸引了他最后的神志。千里他们这时才发现他的背都被打烂了，没那么多血是因为伤口早已冻结。

传令兵于是跪在悬崖上，看着他觉得他能看到的祖国，那是回家的方向。

传令兵："新中国万岁。"

然后他死了，以肉眼可见的速度成为一座平静而赤诚的冰雕。

# 九七

透过望远镜，小杰登看到祠鼐桥，两岸冰封的峭壁，下溯上百米的落差，冰封的江面。桥这边是与峡谷相伴的荒凉，桥那边是日本拓垦时代所建的一个简陋小镇。依托原有的桥头堡，美军用沙袋构筑了防御工事，看着筑好工事后冻得缩手缩脚的美军，小杰登忽然觉得安心。

小杰登："祠鼐，鹗鹰的意思。你得看到它，才知道为什么要把一座桥叫作一只鸟。可是布雷登，它是我们撤往兴南港的唯一生路。"

美军："军士长？"

小杰登放下望远镜，愣了愣神——别指望迅速从记忆中清空一个陪伴了他"二战"全程的战友——他沉默着从战车顶部爬下来，艰难地走过半瘫痪在桥头峡谷里的车队。

所以他忽略了他这边的桥头：冰封的桥面上，一些白布覆盖的人形缓慢地向前拱动。小杰登心情低落地嘟囔："水冻上了不稀奇，可这里连风都冻上了。"

突破了下碣隅里的美军车队也很惨。即使有世界第一的后勤，美军在长津湖战区也是有数百冻死、数千冻伤。战车因燃料燃烧不充分，烟浓得如被击毁，启动阻力过大，引擎爆发了濒临报废的震颤，在冰封的路面上无法制动而撞进沟壑，甚至撞残了己方车辆——此类惨状，比比皆是。峡谷的地形是瘫一个就堵一队，他们的路实际上是被自己堵上了。

毕竟是老兵，还要一边拍打他经过的人，提振军心："抓紧。我们撤出来的机场已经在销毁物资了。你们都明白，比中国人更要命的是拿着美国武器的中国人……"他忽然咆哮起来："撒旦养的！你们在干吗？！"

他那辆半履带装甲车瘫在队尾，而一群队友正簇拥在车尾，在扒衣服——那辆车被用作殓尸车，活人在扒死人的衣服。

小杰登用枪托殴击，没人还击，有那工夫不如多扒一件。不还击比还击更让小杰登绝望，他对空鸣枪。

"他不该那样，我们更不该像他那样，军士长。"他指给小杰登看路边一名因伤冻毙的美军。小杰登沉默，不再阻挡。

人群散去，小杰登对着布雷登困惑的眼神：被扒得就剩内衣的布雷登在几具尸骸之上，困惑地瞪着——他死前很困惑，死亡甚至加大了他的困惑。

小杰登："对不起，布雷登。你是对的，我们仍然勇敢，可我们不知道为何而战。"

布雷登在下碣隅里时填写的圣诞礼物清单掉在车上，小杰登拿起来看看。

小杰登："……一瓶喝了以后再没有战争的酒？我们在这个半岛上有三十三万人，所以需要三十三万瓶，可我保证你只会得到三十三万吨的炸弹。"

被称为中国喇叭的军号、型号混杂的射击和集群手榴弹的爆炸响起，从柳潭里至今，这种声音已经让相当部分的美军神经质了，本就混乱的车队更加混乱，前突的，后退的，不顾一切地发动，发动不了就弃车，连往山上跑的都有，往哪个方向的都有，这支军队已经在不战而溃的边缘了。

小杰登奔跑在混乱之间，对空鸣枪，有时干脆向乱得不成话的友军头顶开枪，他射光了弹匣又补装弹匣时，一辆潘兴坦克差点把他碾死——那是车队的头车，它终于启动成功后做的第一件事居然是逃跑。然后就着打滑的路面撞上了山崖。

小杰登跳上去，把住了车顶机枪，十二点七毫米的动静终于让混乱稍歇。

车长："是祠霜桥！我们的退路被截断了！"

小杰登："我们的退路！所以这是这场该死的战争中，我们最不该退的一战！谁跟我上？！"

陆续有人犹豫地举手，终于集结出一支相对有序的攻击力量。

# 九八

对祠霜桥的攻击由一支潜伏已久的志愿军发动，他们抵近到三分之一桥段时已经再无法隐蔽，于是用军号制造恐慌，发动冲击。

桥面无遮无掩，对早做好预置阵地的守桥美军来说，几近一夫当关。但军号在这场战争中是有点魔力的，当守桥部队从恐慌中恢复过来时，这支部队已经漫过一半的桥长。

并无杀声震天，一个个挂冰结霜的身影，一双双几近蹒跚的腿，尽可能拉近与敌军的距离。如果没有军号，这是场接近沉寂的进攻，突袭的志愿军在沉默中用比敌方重火力贫弱得多的轻武器还击，用身躯掩护他们身后连肩带背着足有几十公斤炸药的战友。然后投弹，不为杀敌，仅为制造一些烟雾屏障，以掩护耗时太长以至看来无法达成的操作。

达至桥梁中段的重负者开始安装炸药。

爆尘和着血雾炸开，中弹者在冰雪的桥面上拖曳着炸药，拖出长长的血迹。决心已定，以至无需呐喊也没有惨叫，沉默地冲击，沉默地死去。

## 九九

祠鼐桥上的军号声振奋了正在下山的七连。

"冲锋号！"

"大部队！主力！"

大集群作战，军号是大建制单位才能用的，否则指令混乱形同资敌。所以千里也是一挥手："全速前进！"

雪浪翻滚，陡然提速的七连在冲击中带着雪浪翻滚。

雪崩一样的冲击再次在陡峭的山坡上重现，其动势甚至超过他们冲向下碣隅里战场时的一往无前，尽管他们现在的幸存者也就是当时的五分之一。

梅生猛然驻足，千里撞在他身上。梅生的咆哮愤怒又诧异："什么大部队？又是孤军！跟我们一样的孤军！"

居高临下，他们终于看见攻击部队的兵力为减少伤亡尽可能拉开的间距。而其前锋抵达了桥头防线的手榴弹投掷距离，正被密集的自动火力压着打，其后卫是正在运送炸药的爆破手，无后续之兵，无后续之力。

偌大的间距，稀稀拉拉，也就三四十人，这还是算上沿路倒伏的死伤。

而七连的前锋勇猛而狼狈地连摔带滚，一部分已抵达山脚，最先的余从戎甚至都上了桥头。守桥美军的延伸射击范围可不止一座桥长，迫击炮实际上已经在炸裂千里和梅生左近的冰雪。

"没工夫犹豫啦，有账回头算。孤军加孤军就不是孤军。"千里冲进了爆尘，"第七穿插连！这就是胜利！"

一〇〇

万里在狂奔，他现在的配置与余从戎仿似，放弃了枪械，把自己披挂得像棵发了疯的香蕉树，这让他在抵近投掷距离之前，就得有一场生与死的马拉松。

跑过烈士的遗骸，跑过拖曳着炸药箱在桥面上爬行的友军，跑过在枪弹攒射中连接导爆索的爆破组，跑过在射击中被血液冻结在冰面上的伤兵，跑过在弹雨中被击中的人，跑过在爆尘中跃起继续冲击的人……

平河用撞击终止了万里这场无遮无拦大开大阖的作死狂奔。他压在万里身上，任子弹击起的冰屑在身上切削。然后放开，一声不吭地爬向自己的射击位置，支开枪架，副射手到位，为这场前仆后继的冲击提供一个稳定的射击支援。

已经冲至桥头防御线的不明部队纯粹是在用生命掩护七连的援袭，他们以惊人的速率死伤，但也让七连登上祠萧桥之后的冲刺轻松了许多。余从戎他们迅速抵至手榴弹投掷距离。

万里投弹，为掩护他，余从戎左右开弓地投弹，正把万里当作目标的美军因此把瞄准射击变成了胡乱射击，然后千里用一个超长的扫射压制防御线。七十一发的弹鼓也就是几秒钟，千里不记得什么时候这样浪费过子弹。

万里终于以作死的勇姿投出他神准的弹，一挺三脚架重机枪坍塌，防御线上的交叉火力就此少了一臂——之前它至少造成了不明部队三分之一的伤亡。

桥头防御线是以桥头堡为基，用沙袋和土木刺网制造的延伸，发扬梯次火力很好使，但被一帮专攻曲面的投弹手抵近，连三接四的投弹在层层叠叠的工事中炸出来的也很梯次，甚至炸出了韵律。

一个一直被压制在桥头堡下的身影因此得隙跃起，把一根爆破筒塞进了射孔。他逃离危险区时的动作相当矫健，可为防敌方反应，他把导爆截得太短了。于是桥头堡飞了盖，防御线左近的人们全得迎接一场从天而降的陨石雨。

那位玩儿命的爆破手因冲击波摔在千里身边。

千里气急而骂："只是来支援，没有陪你送死的交情！……你？急需增援必须增援的部队？"

谈子为苦笑地看着他，肉体比上回见到的更加不堪，眼睛却亮得仿佛燃烧一样："没指望有援军。而我们全力以赴也就够一波攻势，不莽就没机会了。"

千里看看这支也许还有不足十个幸存者的友军："莽也没什么机会。"

谈子为："幸亏你们。现在有了……"

梅生打断了他——刚才的大当量爆炸让双方齐暗，而失去优势火力的美军撤往小镇纵深——于是梅生大叫："没这么容易败！别让他们展开火力！"

千里吹哨："第七穿插连！贴上去！贴上去！"

谈子为："爆破连！撤回来！去支援爆破组！"

千里和梅生因此齐齐看了他一眼，无暇发作是真的，可含愠带恼也是真的。

冲上去的七连和撤下来的爆破连交错而过。

谈子为："会给七连一个解释。现在我们贴上去。"

这不是争吵的时候，千里沉默着换上一个弹鼓。

—○—

  大部分时候，美军的一触即溃是假象，实则是为了拉开距离，以便展开他们压倒性的优势火力。而志愿军的应对就是紧贴，我没有优势火力，但我绝不给你发挥优势的距离。

  于是撤退和追击立刻演变成一场巷战，狭小的射界，极短的射程，复杂的地形，子弹和爆炸可能从任何方向袭来，零点几秒的生死差。美军的步兵随机散往建筑物里侧射，但真正的目的是重建他们被炸散了的重火力点，可七连的贴上去真是不打折扣，冲在最前的战士拼着以身饲弹也要制造一两秒的迟滞，然后就是接踵而至的手榴弹之雨，再随后就是迎着爆尘和弹片的步兵冲击。

  千里、梅生和谈子为依靠他们久经战阵的枪法清除建筑物里的敌军。被冲散的美军阻挡不住七连的攻势，但无论如何，造成了很大的杀伤。谈子为："你们不明白，照样投入战场。可是打这样的仗，我们什么都没有，就尤其需要明白。我欠你们一个明白。"

  千里和梅生似乎没在听，射击掩护和冲击，他们用救己而非杀敌的心态在清除射向七连的火力，可一锅粥的战场，没救到的总是远多过救到的。

  谈子为："我们挨冻，我们战斗，我们牺牲。几百支孤军，就为一个目的，上千次穿插，只有一个结果。结果就在脚下。祠萧桥，长津湖战区撤往兴南港的唯一通道，炸掉它，东线战场敌军，仅美军就两万余人，再无退路。我们能做到的最好结果。"

战斗和牺牲，七连还在倒下，仍在倒下。

谈子为："胜利需要证明。我带领一个爆破连，出发时一百六十三人，攻上祠甂桥前尚余三十七人。我来证明我们的胜利。我犯了个错。只能依靠人力，而我们把所有的人力用来负荷炸药，所以……过得很惨。"

让一个能在肚皮上拉开爆破筒的人说出"很惨"来，得有多惨呢？千里射击，索性放弃想。

谈子为："我们潜伏了两天，大量减员。最后决定，冻成冰块之前，不如烧成火焰。冲锋号是扰乱敌军，也是给自己送行，我们以为……我们没指望有冲得比我们还前的友军。"

千里："爆破连吹什么？我们是穿插连啊，第七穿插连。"并非炫耀，就算炫耀也是苦涩的炫耀。

梅生不说话，只是沉郁如黑水，他脸色就没有过这么难看的时候。

谈子为："我们不知道他们为什么要打，我们只知道我们不得不战。我的祖国站起来了，伤痕累累，穷困不堪，并不理想，但是她给我最大的理想。好好工作，好好生活，这是她给我的理想，为了这个理想，我想好好打仗，好好打完眼前不得不打的仗。我们的儿孙应该有骄傲，我们该给我们的儿孙以骄傲，我们的儿孙该谦逊务实，但心中骄傲。"

他说到后来就看着梅生，因为梅生是彻底不表露态度的一个。梅生的回应是忘我的射击。

千里："你的职务？我没法决定。可我能携七连余部三十三人加入你部的作战。"

一瞬间梅生的射击暴烈到不知节省。

谈子为:"老虎团爆破连,副连长谈子为。携部一百六十三人,加入你部作战。"

千里:"副连长?你骗鬼去吧。"他把谈子为又瞪了一轮,就这位的仪容谈吐,副连长?

谈子为:"我看过你的连队之前多少人,现在多少人,可至今仍生龙活虎,我做不到。临战换将,除非你想打一场作死的仗。"

千里没太多犹豫,也没多少时间给他犹豫:"第七穿插连,连长伍千里,指导员梅生,携部一百五十六人,欢迎爆破连加入作战。"

## 一〇二

当他们决议两支连队的命运时,攻击线一直在前推。而任何镇子,哪怕是一片空地,也必然有一个能称为镇中心的地方。

千里冲出巷子拐角,看见镇中心上的一尊庞然大物,脑袋就炸了:

之前的霞飞轻型坦克就几乎收拾掉了当时还满建制的七连,现在是一辆重型的潘兴,比霞飞重三倍,装甲厚六倍,热着机,美军正以抓狂的速度通过炮塔往车里传送炮弹——所以它至今未加入鏖战。

千里:"七连撤回来!万里,投弹!"

他第一时间射击,击中了车下递送弹药的美军,但要击中已经缩得就在炮塔露个脑袋的坦克兵，实在强人所难。潘兴坦克的履带开始传动，行驶，同步机枪和航向机枪先于火炮射击，万里冲出巷角投弹，投弹的不止他一个，但他是最准的，目标是坦克手正在合上的顶舱盖。

万里的投弹撞上合得就剩几寸缝隙的舱盖，滚落，爆炸，然后是另外几枚纷落的投弹。它们连番爆炸，但仅仅是杀伤和驱散了还想把坦克做掩体的美军，至于潘兴坦克，连它的虎头涂装都没伤到。

千里卧倒，抓着弟弟的脚踝把他拖倒，万里倒地还在挣扎着掏下一枚手榴弹，被哥哥倒拖回来。机枪射杀线掠过他俩的头顶。

半栋水泥建筑在他们身后倒下，像瀑布一样。

千里："散开！包抄！别扎堆猫着！没有能挡住它的掩体！"

如果把这块空地算四面，倒在三面的是在建筑物中纵高伏低包抄潘兴坦克的七连士兵。包抄很容易，问题是七连没有任何武器能凿穿它的四英寸装甲，所有攻击都近乎徒劳，潘兴坦克开炮，射击，后来发现对这支反坦克武器近于零的敌军，最好的方法是碾压，于是咆哮着把建筑物推倒，把攻击者埋葬。

有了喘息之机的美军步兵又在试图集结，七连的抗争悲壮而无望。

千里发射枪榴弹，从美军尸骸上搜掠来的稀罕玩意也无非是炸飞潘兴坦克外挂的原木和沙袋。潘兴坦克的炮塔向他这个威胁最大的目标转来。

万里抓着一个五合一捆扎在一起的手榴弹冲上来，助跑，投弹，他就没投过这么重的分量，差了足几米。太多的牺牲已经让这家伙抓狂了,于是冲上去捡起来再来一次。

齐爆把整辆潘兴坦克遮没,也把万里给冲翻了。还在升腾的爆尘给七连带来希望,然后挟着硝烟和爆尘冲出来的潘兴坦克又让他们绝望。万里木然看着履带向自己碾近,然后肩膀上一紧,被千里和余从戎倒拖着跑开。

谈子为和他们错肩而过,把一整方桶的燃油扔在潘兴坦克上,用枪火打燃。

潘兴坦克于是倒驶,又碾倒了一栋建筑,等它从废墟中钻出来时,车体上的火焰已经被压灭得所剩无几了。

但这也让它明白,自己并非无懈可击,于是驶回空地,锁死了一侧履带开始原地转向,而炮塔向另一个方向旋转,它用这种怪异的舞蹈来达成主炮、同轴机枪和航向机枪的全向封锁。

七连瞠目结舌地看着这个怪物,一个正把整座镇子变成碎片的怪物。

千里咆哮:"谁去找个真能弄死它的玩意?!"

梅生:"来啦来啦!"

他简直是个战场奇观,独力蹬踏着早没气了的脚踏车从巷子里冲来,美军气急败坏地在后追射。梅生肩头着枪,终于倒地,一边还忙着从车梁上解下一具胡乱缠在上边的超级巴祖卡火箭筒。

千里他们一通猛射把追兵盖了回去,帮梅生:"谁会使?"

谈子为检查了一下,发射器上还带着血迹,弹是装好的,显然原物主未及发射就被击毙了,上肩:"就一发弹。吸引火力,让它正脸向着你们,我去戳它屁股。"

千里："嗳嗳，哪边是屁股？"

谈子为："虎头是正脸，没脸那边就是屁股。"

余从戎："它干吗把靶子画在脸上？"

谈子为笑笑："听说，他们以为中国人害怕老虎。"

他去往和七连相反的方向，并不顺利，那具火箭筒让他被美军步兵集火射击，他在堪堪就位时被击倒在射击位置上。那个身影艰难地爬起来，让千里想起谈子为还在初见时就是一具奄奄待毙的肉体。

千里："掩护！掩护！"

七连同时向潘兴坦克开火和投弹，没指望有用，但集中暴露的火力点让潘兴坦克放弃了让人眼花缭乱的旋转，并且坦克兵骨髓里的意识是正面向敌。

于是在它开火之际，巴祖卡火箭弹尖啸，穿进了最薄弱的车尾，没悬念地爆炸和更夸张地殉爆。

当最强大的支撑也没了，美军开始溃退，七连不顾潘兴坦克最后一炮的余波，从正在坍塌的建筑物里冲出来，追击。

千里跑向谈子为的射击点，发现他正在研究洞穿了腹部的伤口，用腰带束紧打漏的肠子。

千里："每次见面，你不在找死就在等死。"

谈子为筋疲力尽地笑了笑："下回不会了。连武器都扔了的敌军，那是真崩了。现在，我们炸桥，然后，回家。"

残余的美军逃出了桥头镇，确如谈子为所说，是顾头不顾腚的溃退。

千里吹响了收兵哨。

## 一〇三

七连以搜索队形撤出镇子,个个带伤,疲惫而感伤,因为又少了些人,可没有办法。毕竟,倾全连之力也就能让雷公有一个浅得不像话的坟墓。

重伤员梅生坐在脚踏车后座上,千里推着车。

千里:"你怎么跟你闺女吹?"

梅生毫不犹豫:"干吗告诉她?我自己记着。"

他们看着一位爆破连的士兵步履维艰地走过来,向同样步履维艰的谈子为报告:"好了。过了河就可以炸桥。"

士兵用最后的力气也刚能把手举到过肩,然后死了。谈子为看了眼在桥头做最后铺设的余部,缓慢地想还一个全礼。

寒冷的空气中起了震颤,他们听到引擎轰鸣,一辆潘兴式坦克从桥头的山峦咆哮而至,车上满载的步兵在小杰登的呼喝下跳车,往桥头寻找射击阵位——没这个的话七连会以为是刚摧毁的那辆死而复生。

谈子为:"爆破连!撤回来!"

千里:"七连掩护!"

但是撤不回来,十来名站着都困难的爆破连士兵如何在坦克和步兵的齐射下跑过数百米无遮无掩的桥面?七连眼睁睁看着他们死于第一波爆发的枪火。

潘兴坦克在桥头停滞了一下，缓慢地继续前驰，并在行驶中持续开火。最坚实的正面向敌，单向集中火力，无遮护的桥面——潘兴坦克的天堂，七连的地狱。

千里："寻找阵地！伤员后撤！"他特别叮嘱梅生："再找点能砸死这玩意的玩意。"

梅生肩膀受着伤，腿上受着伤，没矫情，和谈子为几个已经丧失战斗力的重伤员去了。

七连就着守桥美军留下的残破工事还击。确切说是待而不击，对那玩意开枪纯粹浪费子弹，唯一的万一之法是等它进入手榴弹投掷距离。

但潘兴坦克驶过桥中段的爆破点，又往前一段就停驶了，它在投弹距离之外有条不紊地使用它的车载武器。这是从下碣隅里撤下来的部队，对志愿军的手榴弹之雨熟悉之极。

桥头的美军步兵在坦克掩护下冲向爆破点，准备拆除炸药。

千里："拦截步兵！拦截步兵！"

于是七连射击美军步兵，潘兴坦克射击七连。

## 一〇四

听着桥头方向密集的枪声和十几秒间隔一发的炮声，梅生和谈子为在废墟和残骸里翻找，打开一个箱子，没有，打开一个箱子，不是。

梅生："炸药，炸药，他们干吗预备这么些炸药？"

谈子为:"过河炸桥,阻止我军。"

旁边有辆美军的车,他试了一下还能发动,把成箱的炸药往车上搬。梅生愣了一下,帮他搬。

梅生:"还会开车?你肯定不是副连长。"

谈子为:"真不重要。"

梅生不再说话,与其说无力,不如说没有对话的心情。

谈子为:"你讨厌我是对的。"

梅生:"没有的事。我们不熟。"

谈子为:"不怎么熟的生死之交。别搬了,多了。"

他不再搬运炸药了,开始往装了半车的炸药里装设和炸药一起找到的电雷管。

梅生不知道是什么,关于爆炸的事他也插不上手,看着,谈子为的沉稳让他郁闷。

梅生:"不是讨厌,是害怕。你跟他说祖国说打仗说理想,我就知道,他再没退路了。你戳着他的心在说。他离开家,他打仗,是为了回家。"

谈子为:"我们都是。"

梅生:"我们都是。"心里的郁压让他嚷嚷起来:"第七穿插连!第七穿插连五分之一都不剩了!你愿意跟你的船一起沉掉,可我们不是,我们只想带着打烂了的船回家!每一个!每一条!"

谈子为:"好了。"他上车,热车。

梅生:"……什么好了?什么好了?!"

谈子为:"我跟你一样痛,心里很痛,这么好的部队应该回家,打过这种仗的人必须回家。"

梅生瞪了他一会，神色缓和，他所要真不多，理解而已："算了。我就是个不称职的指导员，有时牢骚……"

谈子为："心痛出生入死的战友叫不称职？只是不能光是牢骚，不能止于牢骚，得做点什么。"

梅生有点觉得不对："……你要做什么？"

谈子为："我要把炸药送上去。毕竟这是唯一能摧毁坦克的东西了。剩下的你来。"

梅生狐疑，因为谈子为明明可以一车载走所有的炸药，但谈子为驱车而去了，梅生狐疑着搬运剩下的炸药。

# 一〇五

美军留下的工事真不是用来扛九十毫米高速坦克炮的，钢筋水泥的桥头堡和沙袋土工的堆砌都是毫无区别，一炮穿透，在爆轰中坍塌，七连躲避，伤亡和还击，换作对现代武器多一些了解的部队可能早已崩了。

谈子为驱车而来："让开！让开！"

差点撞上七连，千里恼火大骂："这是什么？能撞死坦克的吉普车吗？"

决心已定，行为在即，谈子为有点狂态："我欠你们的。我给了你们解释，可我欠你们回家的路。"

他和千里很多相同之处，以至千里迅速明白了他要干啥："截住他！"

来不及了，谈子为加速，把没搞清楚状况的七连甩在身后，反应最快的余从戎甚至被他拖倒了："勇敢的家伙，应该也是活着的家伙！骄傲地战斗，也要骄傲地回家！"

他飞驰，眼前是桥头，桥头那辆火力畅通无碍的潘兴坦克正在发蒙，因为它看到了七连的拦截，搞不清这是否是友军。当吉普接近到几十米，确定驾驶员是一个中国人时，他开火，炮弹贴着吉普车飞掠而过，机枪弹射穿了引擎和座舱，谈子为瞬间身中数弹，但他仅仅凭着惯性，也够把剩下的事完成了。

谈子为："让中国的儿孙说到今天，能跷起两只大拇指！"

他摁下了擎在手上的引爆器，然后和上百公斤军用炸药一起撞上了潘兴坦克，爆炸的威力摧毁了坦克，数十米外正企图拆卸炸药的美军步兵被冲击波及，坠下祠萧桥时像是翻飞的破风筝。

千里呆呆看着那团足有几十米高的烟云，其后潘兴坦克的殉爆也是惊人的动静，但实在相形见绌。

他长长叶了口气："第七穿插连，冲击。"

应该呐喊，但他提不起呐喊的劲头。

# 一〇六

这场爆炸给美军带来的震撼远超过七连，所以当七连踩着沙沙作响的冰雪向桥中段挺进时,桥那边全无反应。

七连的冲击不疾不缓,有点像是占领。他们自动在仍在燃烧的潘兴坦克残骸前止步,有人自觉地用冰雪压灭烈焰,多年的战场直觉让他们意识到,这堆横亘扭结成奇形怪状的金属残骸,远比一炮穿的工事可靠。

余从戎不由咧咧嘴:"从此,第七穿插连有了辆坦克。"

千里没理这货:"构筑防御。检查炸点。"

他看了眼终于有反应的美军,惊讶得瞳孔都缩了——其他人也没比他好到哪去:

美军打出了白旗,匆促地用白布绑在步枪上摆动,但白旗就是白旗。

万里:"这是要投降的意思吗,哥?"

千里听着巨大的声音,看着从峡谷里平铺出来的动静:"肯定不是投降。"

从下碣隅里撤出来的车队主力已经赶上了小杰登这支前锋,窄小的峡谷口吐出这支源源不断的兵力,给了人无穷尽的错觉。驶出峡谷的战车借地势差层叠地排开,但就这样也摆不下他们所有的炮口——所以肯定不是投降。

小杰登把绑着白布的步枪上肩,把骄傲摆在脸上,迈上桥面。他身后跟着两位比他紧张得多的美军。

千里示意都在这等着,自己走出七连的残骸掩体。他发现他的部下并不是太听话,余从戎偷跟了上来,然后万里跟着余从戎也跟了上来。好吧,至少同等。

脚下先是谈子为炸出来的焦煳,然后是未被波及的冻雪。千里止步于焦煳,小杰登止步于冻雪。小杰登仔细地打量着眼前的千里,他得花很大力气才能从伤痕和挂霜后看出这个人的年轻,而对方的平静和淡漠,让他觉得自己的骄傲有点做作。

小杰登:"我的翻译很糟糕,他的唐人街汉语像他的唐人街英语一样糟糕。幸亏我们要说的话很简单。"

那名美军翻译的汉语确实不是一般的糟糕:"我们要说的话很简单。"

小杰登:"从桥这边到桥那边,我们回家的路。"

翻译:"从这到那,我们回家。"

小杰登:"从桥那边到桥这边,你们回家的路。"

翻译:"从那到这,你们回家。"

小杰登:"我尊敬你们。战场上打出来的尊敬。你们已经胜利,所以我可以尊敬地建议一次合作,我们都放过对方。你们可以先走。以整个'二战'的荣誉保证,我们会友好地分别。"他看了看三个人的窘况:"还会给你们足够的给养。"

翻译:"你们走吧,会给你们吃和穿。"

千里听着,也看着,听不懂英语,但看得懂这两人的态度,小杰登确实是在打商量,也确实不乏尊敬,那位黄皮肤的翻译反倒是蔑视、施舍和不耐烦。

千里往旁边让了让:"你走吧。"

万里:"……哥?"

千里:"你可以走了,就你一个。其他人留下。看得出来,你确实不想打了。别说中国人不打商量。"

翻译:"他不同意。"

小杰登:"第一眼我就知道他不会同意,因为他比你骄傲。告诉他,他这样的战士死于狂轰滥炸是世界上最可惜的事情,我们的机群即将抵达这里。"

翻译:"你会被我们炸死。"

千里:"就是说你们会帮我们炸桥?"

余从戎哈哈大笑,万里跟着尬笑。

翻译:"他知道,他占着桥,我们不敢使用大威力武器。"

小杰登的自尊心已经不允许他再费口舌,他点了点头,生硬地转身回去。

千里回去,顺便玩闹似的攀扒着余从戎和万里的肩膀。

千里几个回归掩体。

士兵报告:"导爆索炸断两根,连接完毕。"

千里点头,检查战士们搬运过来的弹药。他们现在是以战养战,刚拿下桥头镇,所以弹药还是充足的。

平河:"他们想干吗?"

千里:"互换活路。我没答应。几百支孤军,上千次奋战,围住两万多,来换我们三十三条,连我爸都得骂我就做蚀本生意。"他不隐瞒他的战友,但也观察着每一个人的神情:"胜利需要证明,否则欺凌你的人就会没完没了,还会说,你生来就是软的弱的。老子就这么过来的。"

除了窃笑，七连甚是平静，这种平静来自连番鏖战自然造就的生死看淡，没啥豪情的豪情。

只有平河小心小意地纠正了一下："二十三条。"

就是说又少了十个，千里痛得心里都滞了一下，还没说话，先听见炮弹呼啸。

千里："防炮！"

但是并没有他以为的上百门直射炮和曲射炮的轰击，实际上他们不是轰击的目标。他们在桥头看着弹道划过头顶，落入镇中。

然后镇中腾起红色的烟雾。

千里忽然意识到这是要干什么了："老梅！"

低沉的引擎轰鸣，这回来自空中而非桥头，千里抬头，一个规模堪比他们过鸭绿江大桥时的机群正从阴云层中降临。

身下的大桥在爆炸中震颤，但机群炸的不是桥，是他们身后的桥头镇，镇子瞬间就显得渺小了，因为它衬映着重磅航空炸弹的爆轰，每一枚航空炸弹造成的爆尘都像一座要无限生长的实体的小山。为不误伤到祠萧桥他们在做低空轰炸，所以各种型号的战斗轰炸机在千里他们头上飞掠，而他们身后的爆尘汇聚成一朵巨大的蘑菇云。

战车的火炮也隔江加入了射击，避开了桥体，把它们够得着的小镇部分轰成碎片，这实际上没什么意义，但心越虚越需要宣泄和示威。

空中的轰炸和地面的轰击终于终止，整个桥头镇和那边的一部分桥头彻底被爆尘吞噬，现在桥头镇的一部分以粉末的状态飞扬在空中，并将滞留几小时之久。

一辆坦克驶上了桥端，车上有一个临时安装的大喇叭，而喊话的人窝在堆垒在炮塔上的沙袋后，他的中文好多了——车队主力的抵达让他们终于有了一个过得去的翻译。

沙袋后的军官："坏消息是我们来了，而你们的援军没来。好消息就是，你们的战争已经结束了，就是说你们的苦难结束了。不管你们在镇里埋伏了多少人，现在都被歼灭。现在，放下武器，这根本不需要选择，可我给你们五分钟。"

千里没空理他，桥头完全笼罩的烟尘里，传来一个奇怪的声音，那声音熟悉又陌生，像几把锅铲刮锅底，像瘸子在地上拖着铁链和金属罐子。梅生从硝烟中推着脚踏车走了过来，烧得光剩俩变形钢圈的车轮干脆是在地上拖行，断车链在其后拖了一米多长。脚踏车的两侧和后架都绑缚着炸药箱，谈子为交给他的那部分，他后来也一直在对付那部分，毕竟那是七连目前能得到的杀伤力最大的武器。

千里冲上去，扶住，扶他坐在桥栏边。梅生直勾勾地盯着被他扔在地上的脚踏车，千里又回身扶起脚踏车靠在桥栏上——这精细人还在心痛脚踏车。

梅生："谈子为呢？"

千里很想说还操这份心，但一声叹息："他会很高兴你问这一句。"

梅生："我细想了，他是对的。跟杀了我们比，敌人肯定更想我们做懦夫。不能做懦夫。可我又想七连好好地回去，真是难办。"

除了硝烟和蒙尘，他身上几乎没添新的伤痕。可说到"真是难办"，他就像个裂了缝的水瓶，血从他的嘴巴、鼻子、耳朵，甚至眼睛里沁出来。凭着老兵的机警躲避了轰炸的直接杀伤，但他躲不开爆压。千里只能帮梅生去抹口鼻上的血，没完没了，血在奔流。

千里："可是我想你也回去啊。行行好，老梅，让我带你回去。"

梅生就着千里的手，抹了把自己的血，用研究的态度看了看。

梅生："别老想着什么都扛。你要护着的可不光是新中国，还有七连和我连的傻老弟。尽力而为可以，可别搞成尽命而为。"

千里点头，一边挥手让发现这边异动的七连不要过来。各司其职于七连是基本，于是在各处阵位上警戒又将有所动作的美军。只有万里不懂这个，他呆呆看着，可是不敢过来，仅仅是哥哥的背影就让他感到无法承受的悲伤。

梅生："所以就这样吧。"

他去撸他的手表，千里帮他，因为梅生现在撸不下那只手表。

千里："你歇着。我来说。表给你老婆和闺女，丈夫和爸爸的念想。你那打火机给我，总得给我也留个念想。假衬衣领子和袖套你只管带走，咋说那在全连全团也是独一份。你那破车是真修不好了，也便宜你了。"

梅生已经没力气说话了，微笑代表对分配方案的满意，但不忘吐出个"混蛋"的口型。千里看着冰霜以肉眼可见的速度在挚友身上滋长。

千里："可我怎么告诉你闺女？我怎么告诉她？你根本不说，为了让她好好做算术题你还得打仗，我怎么让她记住她爸爸？"

他后来就成了破碎的号叫。七连没离开阵位，在阵位上静静地看着。

美军的喇叭又在用中文催迫:"还有两分钟。提醒是因为我知道,大部分中国人买不起表。"

千里:"可是巧啦,老子刚刚有表!"

他不是在回美军的话,是喊给七连听的,他向七连炫耀着腕上的手表,这个从前用于浑闹的动作现在很是悲凉:"起爆器呢?"

士兵安静地把接着线的起爆器拿来,爆破连舍命背来的电起爆。

千里拿过来,检查了一下,顺便检查了一下七连。目光到处,平静如水,全无异议,有几个竖起大拇指。

于是千里握住梅生的手,用梅生的手握住T字杆。

千里:"明白啦,不用说。尽力而为,尽命而为,可不就为这些事离他们远远的。"

七连两位主官的手一起下压,拧转。

爆炸的当量远小于之前的轰炸,却远为惊心动魄,因为它炸掉的是双方的生路。谈子为制造的那次爆炸是能量散射,这回却是作用于应力点,整座桥都在震颤,桥梁两端的悬崖出现了大面积的冰雪坍塌,离炸点最近的七连对着坠落的钢筋水泥尽可能缩成一团。它们甚至波及了桥头的美军。

人们等着祠鼐桥彻底坍塌,但爆尘渐散,四五米长的桥面凭空消失,一个主桥墩被爆炸啃掉了一小半,桥在余震中肉眼可见地晃动,摇摇欲坠,但仍然奇迹般地屹立。

七连他们当作掩体的潘兴残骸孤零零地悬在断桥边,那是另一个奇迹。

长久的沉默。然后喇叭的咆哮在两岸回荡着气急败坏:"开火!"

一辆潘兴坦克本能地开火,早就瞄准好的主炮击中了潘兴坦克的残骸,它无法击穿整个车体,也没法把已经殉爆的坦克再摧毁一次。

倒是祠萧桥发出危险的声音,在冲击中掉落大块的建材。

"Stop!"的喊叫响彻桥头。

最高的呼声当然还是来自于喇叭:"不要开炮!他们需要一台绞肉机!"

## 一〇七

粗硕的,摊开了足有十几米的点五零弹链被装进可卸弹仓。

体积相当于一台大型吊钟的弹仓被装上M16自行高炮,这家伙足有四个这样的弹仓,以及看得人头皮发麻的四个大口径枪管。

M16开始倒车,这货是只能向后发射的,所以倒车反而是战斗状态。

然后它开始射击,边驶向断桥边射击,四条火链在残骸和桥面上延伸,密集到看着都窒息。第一个冒头的七连战士就被打成了凛风中飘散的血雾。

伴随M16高炮的装甲工程车抬起巨大的推土铲,驶上奔腾着子弹洪流的祠萧桥。车后随行着步兵,敞舱里堆叠着几乎与车等宽的蜂窝钢板——战地预制件,美军曾用它在塔拉瓦直至硫磺岛的沙滩上铺出包括机场的整个登陆场。

于是M16和工程车以步行速度向断桥靠近，一边用每分钟两千二百发的十二点七毫米弹雨撕扯着潘兴坦克的残骸，那是一种密集得让人发疯的动静，四条粗壮的火龙越来越近地倾泻在焦黑的潘兴坦克上，遇阻后再往各个方向迸射、溅射出匪夷所思的轨迹。

七连的幸存者在坦克后或蹲或卧地挤成一团，但跳弹从来是几无规律可循的，在长时间的密集攒射下总会出现或然率。于是又有人死去。十二点七毫米弹带来的死亡是碎裂，没有完整。

千里："忍着！别动！忍着！死也忍着！"

死者的血肉溅在他的脸上，千里毫不怀疑七连将在"忍着"中被打成肉泥。

但是M16的轰鸣终于暂停，工程车必须抵近断桥操作，再泼水会崩死下车作业的工兵。而且射手连续这样射击上千发也够受的，他被枪烟熏成了一个黑白相间的活鬼。

七连的幸存者透过履带的缝隙张望，从千里开算，人手一枚的手榴弹抓在手里。没有号令，但他们拉弦或者拉环的动作都是一致的。

在七连齐掷时一直警戒着的M16瞬间射击，他甚至把越过潘兴坦克高抛投出的手榴弹给打爆了一枚，但是飞过来的还有十余枚。

万里投弹，投弹中他看着身边一位战友抬得过高的手臂被弹雨撕裂，没投出的手榴弹落在人群脚下，而那位投手一声不吭地扑在手榴弹上。

闷在人身下的爆炸，与潘兴坦克之后的这次小爆炸同步，是工程车和 M16 之间十多个参差不齐的爆炸。几个反应快的工兵钻进了工程车底盘下,至于敞舱结构装甲薄弱的 M16 则避无可避,一次爆炸甚至在它的弹药箱中迸裂。

于是 M16 继续折磨人的神经——数千发弹药在燃烧中殉爆。

闪避不及的工兵被火山喷射一样的殉爆弹药击倒,运气好的爬回了车上。工程车推着已经完蛋的 M16,把它挤出桥面,直坠冰川。它撤退了。

七连默默地站起来,M16 对步兵的效果不是穿透是撕裂,以至他们身下的桥面都成了红色。死不可怕,让他们黯然的是死得如此惨烈。

万里学着别人,拖开那位残缺的战友,把他放在以梅生为首的烈士序列。他捡回那只断臂,放在它的主人身边。

战斗骨干们心情沉重地窥看:工程车没退下桥就停驶了,显然在预备着下一波。小杰登率一队步兵在集结,车队在调整,让出能让后队上来的间隙——这一次已经让七连与全灭擦边,下一次又是什么?

最让他们绝望的是断桥:就这么会工夫已经从四五米被铺得就剩下三四米,这还是工程车把大把工夫用来打固定基座,有了基座,下回他们会快得多。

余从戎:"爆破连好样的。可这对他们真不算天堑。"

平河:"说句不该说的——"

余从戎:"其实我们转身就是活路。反正是个胜仗,转身,等着大部队过来。为了证明你并不怕死,你会提议你来掩护。"

平河:"……我会荣幸之至。"

余从戎:"别闹。"

千里:"不甘心。"但是他看了眼万里:"不过万里……"

万里凶狠地:"揍你哦。"

看着弟弟苍凉又稚嫩的脸,千里哑然,然后失笑:"你来七连的三件大事好像都能做成……"

桥梁在朔风中又起了危险的晃动,让桥头的美军失声惊呼。说真的现在敢上桥和七连交战的都是最有勇气的人,双方等于扒着根快断的绳子在悬崖上搏命。

千里拍了拍万里的肩膀,转向个性命攸关的话题:"爆破连的兄弟把活干了九成,穿插连接茬干完剩下的一成?"

人们随他的目光,看着梅生留下的脚踏车,确切说,是看着脚踏车上两侧各一箱,加后架上一箱的三箱美军高能炸药。

## 一〇八

一辆造型独特的战车驶出车队留出的间隙,和工程车会合。

余从戎警告:"来了辆两根管的坦克。"

平河闷在就剩半边的焦煳炮塔里,那是他的射击阵位:"自走高射炮。"

千里和几个兵在桥边疯狂地忙碌,把背包绳绑在一起,结成能够缒下桥的长索,他们想再度爆破上次炸出来的缺口:那根已经缺了一小半的主桥墩。

余从戎:"四管的都灭啦,两管没啥。"

千里没好气:"四管是枪,两管是炮——背包绳不够啦。"

平河:"每一发都跟爆炸的手榴弹同威力,射击速度等于一百个万里。哦,万里还真投不了那么远。"

万里把前沿刚集中了一下的背包绳和武装带拿过来,又添上了自己的腰带,解腰带时又看见自己的围脖,这可让他有点犹豫。

千里:"别舍不得。好看玩意千千万,可只有它有份派这个用场。"

万里于是舍得。千里用多阻的毛料绑炸药箱,万里看着他绑炸药箱。

余从戎:"来啦。来啦。"

万里跑回去,他刚迈步就听见炮弹出膛的尖啸:

M19双管四十毫米自行高炮,每秒钟喷射近七发四十毫米高爆弹,甫上桥头就对残骸后的七连来了轮压制射击。平河对它的描述远远不够,万里不可能把手榴弹投出二倍半音速,那表示除了等同高爆手榴弹的威力,它还有巨大的动能。

炮弹以八百多米每秒的速度撞击在残骸上,让四十多吨的车体在震颤中微移,每秒七次的爆炸距七连一车之隔,炸成数以万计的杀伤碎片。它打不穿潘兴坦克,却能以高速率啃掉潘兴坦克的表面,被打碎的坦克零件横飞乱射,形成恐怖的二次杀伤。

余从戎:"开火!投弹!投弹!"

万里:"太远!"

余从戎:"炸得它看不见!否则都得死!"

投弹，但在已经被爆炸波冲击过几次的桥头实在形不成太多烟障。M19 高炮和工程车都是坦克底盘，冲近，小杰登率领的敢死队从车上跳下，从车后闪出，以车体为掩护和断桥一端的七连对射，掩护工兵作业。

千里和几个士兵火急火燎中把两箱绑好的炸药缒下桥头，另一根应急赶制的绳索则是用来缒下去操作的人。一块 M19 高炮制造的二次杀伤碎片横飞过来，帮他的士兵倒下。

千里："顶得住吗？"

说实在是真顶不住，余从戎笑得像哭："顶得住！还要多久？"

千里："五分钟！"

余从戎："我又没表！"

潘兴坦克反复被弹，终于被击穿，平河被崩瞎了一只眼，却仍在射击。

万里在哭泣。哭泣未必是软弱，他身边的战友死于小杰登分队的枪榴弹，他哭着投弹还击。

又一块蜂窝板铺设完毕，七连的生死线就剩下两米多的距离。

余从戎叹了口气："我给你十分钟！"

于是他去为他的七连和兄弟争那十分钟。炸药还有一箱，插着导火索，因为七连已经没有也不会用电导爆。他穿了根绳索，绑在背上。

余从戎："平河，给老子叫个好呗。"

可怜平河眼睛都痛炸了，还得跟射速和他机枪差不多的四十毫米炮对射："滚。"

有事没事都要搞点热闹的余从戎于是有点落寞:"这样都没人看。"

他找到块破板,搭在潘兴坦克的车体上,于是造就了一个起跳的跳板。然后他退了几步,点燃了搭在肩头的导火索,开始奔跑。

余从戎:"全给老子趴下!"

那可以理解成对敌军的羞辱,也可以理解成对己方的提示。他在吼叫中起跳,那一箱炸药是小几十公斤的重量,所以他必须起跳至一个相当的高度才能够着对面。四十毫米炮的弹道从他脚下穿过,他仿佛是踩着四十毫米炮的弹道在空中奔跑,这让他的生命之跃堪称奇观。而反应更快的轻武器子弹在他腿上穿梭。

一瞬间他像要挣脱了地心引力一般无限制地上升,但终于下坠,直到撞在美军铺设的蜂窝板上,下意识地抱住。

平河瞪着忽然出现在自己射界里的挚友,下意识伸手去够,战友大叫着卧倒把他拖开。

余从戎两肘在蜂窝板上担着,想往上爬却没有力气,不上不下,不尴不尬,总之他就是离常态的庄严悲壮有着山高水远的距离。

一个硝烟满脸也疲惫满脸的军士长出现在他面前。小杰登对这个来自敌阵的飞行者也是很蒙,一边瞄着:"你是来投降的吗?"

善良是下意识的举动,小杰登一边伸手想拉住这个随时会掉下深渊的家伙。他的善意把他救了,余从戎的回报是微笑着,用大拇指反指了指自己的后肩。

于是小杰登的视野顿时就剩那根快燃到尽头、燃进了整箱炸药的导火索。

小杰登："跑！跑！快跑！"

狂呼中步兵开始掉头狂奔，但 M19 高炮和工程车这些几十吨的玩意可没那么快的反应。

导火索在余从戎的背上燃到了尽头。

爆炸。小几十公斤 TNT 造成的冲击波横扫断桥，架设至半途的蜂窝钢板飞舞得像被台风刮飞的门板。狂奔中的小杰登们被气流掀倒，工程车是最靠近炸点的，和着炸散架的预制件翻滚坠下，M19 高炮的炮手选择跳车逃跑，但冲击波让他像在空中翻飞的纸人，整辆车被推得转了个向，撞开了桥栏，半个车身悬在桥梁之外。

M19 高炮的炮手并未死去但即将死去，因为他已经被掀飞到离桥面十数米之遥的半空，他先看见卧倒在潘兴坦克之后躲避冲击的七连，再看见从桥上奔逃向彼岸的友军，这一切都在他的视野中翻滚。他看见一名从桥上缒下的敌军去够先行缒下的两箱炸药，用来绑缚炸药箱的红色给他很深的视觉记忆。敌军试图把炸药固定在已经半毁的桥墩上，但在零下四十摄氏度的严寒下和山谷间毫无遮拦的朔风中，那几乎是不可能达成的愿望，他甚至看见那人伸出的手臂迅速结霜。在又一次翻滚中他看见友军狂乱地向桥上做纯属宣泄式的射击。然后他看见那名试图炸桥的敌军也在看着他，敌军已经在极寒中耗尽了体力，已经成了冰白色的手掌甚至抓不住那根千衲百结的古怪绳索，于是一个中国人和一个美国人瞪视着对方，一先一后地坠下，无论如何他们会是对方眼中的最后景象。

天旋地转，山远了，天空远了，桥梁和战场都远了，一个美国人和一个中国人一先一后地坠下，然后是猛烈的撞击——太高的落差，以至下坠砸穿了冰层，于是人瞬间消失，混杂着冰块的水涌起，然后是迅速漫开的血红。

这是那位七连战士看到的，他迅速意识到这也将是他几秒钟之后的结局。白色飞速向他接近，然后是红色。

然后是黑暗。

## 一〇九

千里："人呢？你们在干什么？"

硝烟浓得要化不开，桥面上冻结的血渍，打成了零件的枪械，被崩散了的弹药箱和打空了的弹壳满地零落。千里走过这些，只有一个枪声持续而孤独地在响，让他有一种这就是七连末路的错觉。

寒风中弟弟的声音被吹得很悠长，以至带着哭腔："还——有——手——雷——吗？"

他看见他脆弱又顽强的老弟，低着身子在七连的遗体上翻找，直面或狰狞或平静的遗容，继承过他们手上的武器。他看见他还在的七连，连重伤员都算上尚不到十个人的存在，踞伏中等待敌军的下一次攻击——就算长时间的爆轰没有损坏他们的听觉，那几个可能也就剩下一个反应了：攻击来临时冲上去的反应。

唯一还在射击的是平河，专注到麻木的射击。

千里："余从戎呢？"

没回答，但平河那一只独眼流露出来的哀恸，和断桥那边被再度爆破的惨状让千里明白了。平河终于打空了他的机枪，于是回到残骸之后，在弹药箱里翻拣出子弹安装弹链，这是个不可能完成的任务，装弹一下午突突三分钟说的就是他这种弹链机枪，可七连现在已经彻底打零碎了，没人帮他安装弹链。

这样的窘迫让千里几乎不好意思说出他的要求，以至像是请求："爆破需要人。下边……下去就冻僵了。都摔下去俩了。就我一个人。"

唯一响应他的是万里。千里相携相扶着老弟，走向缒绳的桥头，身后又有沙沙的脚步，平河放弃了装弹的徒劳跟上来，很平静也很古怪，从来不主动说话的他今天主动说话。

平河："今天是还债的好日子。"

千里："牺牲的好日子。"

平河："还债的好日子。"

千里没去较劲这个，把缒人的那根绳拽上来，想绑在自己腰上，这回他想自己下去，可没人拽着不行。可平河却在做完全相悖的一件事，他把缒下去的两箱炸药给拽上来，甚至可以理解为搞破坏。

平河思忖："得有个火。"

千里示意了一下他的信号枪："下边能把人吹飞了，啥火都不灵。这回我用这个。"

平河用点头表示同意，从他手上把信号枪拿走，千里没表示异议，若有所思地看着。而平河开始做一件事，他把两箱炸药绑在身上。

平河："小万里啊，我一直想学余从戎这么叫。他不过脑子就能把你当小兄弟，我是真没有脸拿你当小兄弟。"

万里看着，他预感到又一件他无力阻挡的事将要发生，发生的每件事他都无力阻挡："你……不要去，不要去。"

平河："我是第七穿插连第 623 个兵。七连第 623 个兵是七连第 305 个兵余从戎在淮海抓的俘虏，后来他想重新开始，可他是个第一笔就写错了的字。"

他把炸药一前一后在身上绑扎结实，把两根导火索拉过肩头拧在一起，让它们搭在胸口。他个子很大，一箱炸药在余从戎背上像是龟壳，两箱炸药在他身上却不显得臃肿。

平河："别难受，要难受也听我说完。来七连，你的第一问，谁杀了百里？我。他进攻，我防守。我杀威胁最大的目标，你哥是威胁最大的目标。往下余从戎冲进来，逮了我们一地堡的人。"

万里艰难地干张了张嘴，出不来声。

平河："余从戎隐约能猜到，可他没说，七连就没人知道。别杀我。不是求饶，是求你给个机会，我把命还给你哥俩的机会。"

万里像一条将在寒风中冻死、渴死的鱼。

小杰登被从桥上拖下来抢救，他已经丧失战斗力了。

车队在大骂，此情此境人人都是炸药。车队又在挤出更大的间隙，以便调动他们新到位的杀器。又一辆工程车，这没什么，再一辆是谢尔曼坦克，这让小杰登晕沉中都很是嘀咕：重型的潘兴坦克都没用，中型的谢尔曼坦克能干什么？

谢尔曼坦克粗暴地挤过，把一辆挡路的吉普撞翻。小杰登看见谢尔曼坦克之后的燃料拖车：那不是谢尔曼，那是一辆喷火谢尔曼。

平河:"挑明了说,是要你别难受。不值当为杀你哥的人难受。"

潘兴坦克那边传来"又来了又来了"的呼号,那唤起了万里本能的反应,他蹒跚地走向那边,连肢体都有些扭曲。

平河看着千里,千里看着万里的背影:"结果他更难受了。他以前没朋友,现在真当你是朋友。"

平河叹了口气:"还有什么话要告诉一个就要去死的人?"

千里:"我早就知道。"

平河愣了一下,现在是他像万里一样,一条干张嘴的搁浅之鱼。

千里:"当时就知道。不是全连,但全连骨干都知道——哦,不对,你现在也是骨干。知道,可都装作不知道,是你一直存着颗不如死掉、最好死掉的心,可七连想你活。"他帮平河整理身上的绑缚:"不跟你争。矫情不起,你又好像比我更懂炸药。可我会想你,比万里还想。记得百里的人越打越少,打完这一仗,他真就要成一个只有名字的前连长了。"

平河哭泣,他一只眼睛瞎了,于是连瞎了的那只眼睛都在哭泣:"走了。帮把手。"于是他们相互帮扶着,平河用绳索在腰上绑了死结,千里把他往下缒。


那辆谢尔曼坦克紧闭着舱盖,行驶的速度谨慎小心到让人发急。它没像前两位那样上桥便来一通速射立威,那门看上去就很醒目的主炮就没开过,它是在拉近的过程中偶尔使用一下车内机枪。

实情是这家伙的主炮是木头伪装,伪装成坦克,因为战场上从来把这种步兵之灾当作集火对象——对反装甲能力为零的七连这没啥意义。

万里被那个猥琐得对不起坦克二字的家伙弄得有点发急,同时觉得有点不对。然后他忽然想起来,没千里,没雷公,没梅生,也没余从戎和平河,他第一次在没有主心骨的情形下作战,回望,千里正在把平河下缒。

转头,谢尔曼坦克又驶近几米,其后掩映着工程车。谢尔曼坦克转动着它的炮塔,让所有人等待主炮轰鸣,可木头炮旁边的喷管里喷射出一道既炽热又阴毒的燃烧着的油柱,击打在潘兴坦克的残骸上。

就像高压水龙喷射在目标上的水花四溅,只是每一点滴都是以近千度高温燃烧的凝固汽油。

火龙冲着正准备投弹的万里扑来,迅速占据他的全部视野。

万里:"哥,顶不住啦!"

谢尔曼坦克在喷射中微调炮塔,这相当于它的扫射,让断桥的那一端完全成为火海。至此已经了无障碍。工程车驶上,接续已经被中断两次的作业。

但是一只燃烧的手从残骸后投出燃烧的手榴弹。

祠鼐桥上没有怜悯,七连继续投弹,坦克继续喷射,工兵继续作业。

千里把平河下缒,背包带拼凑出来的绳索让人提心吊胆,平河加两箱炸药是一百多公斤的分量,连番的跋涉和恶战早让他体力衰竭。

身后的断桥熊熊燃烧,背上都能感觉到炽人的热量,没回头,用僵硬的手指一尺一尺地下放着绳索。

平河看着渐远的千里，当别无选择时说什么都是干扰，只能尽量减少自己的晃动，用眼睛交换焦虑。

谢尔曼坦克的第一次喷射就把七连的幸存者减少到了个位数，被燃料柱直接喷射到的当即就死了，但潘兴坦克的残骸阻拦了绝大部分，谢尔曼坦克微调着射角，把整辆残骸烧成烙铁，换着角度折射，让燃料溅射残骸后的敌军。

美军终于找到了适用于这个特殊地形的最佳武器，排除了对面之忧的工兵施工速率倍增。

万里蜷在潘兴坦克的死角之后，但溅射的液体没有绝对死角。看着咫尺之外难以辨认的躯体，也看着身边的战友被星星点点的火焰浇淋，火焰很快蔓延成大面积的燃烧，战友不再沉默忍耐，他含混地吼叫着，站起来投弹。

于是某个阀门被打开了，幸存者纵跃着燃烧的躯体，把被炙烧的痛苦变成射击和投弹。

万里也站起，这时他才发现自己也在燃烧，万里撕扯掉燃烧的衣服。

他的呼号其实不是求救，而是找个心理依托："哥，顶不住啦！"

千里身后的七连，那是一片浓烟与烈焰的火场。

而他眼中的平河是一个越缒越小的人影，仿佛要被其身后无穷大的冰河吞没。

而平河反而能看到战场所在，他头上巨大的灰白桥梁，他看不到的坦克正在喷射他看得见的烈焰，没落在桥上的火焰从他身边纷纷扬扬落入冰河。

万里："哥，你倒是回头看看啊！"

千里："那你就走吧！过后再来数我背上的枪眼！"

烈焰中孤独的万里看着冰霜里孤独的哥哥，不知为什么，他忽然想起哥哥光洁的脊梁和创伤满目的胸膛。当时他以为那很是汉子，现在才明白是难以承担的承担。

万里："……哦，那我再顶会儿。"

英勇，倔强，有很多拧巴，但仍是个孩子，万里捡起一个燃烧着的手榴弹，冲回火海。

身边是桥墩和被炸出来的粗粝缺口。平河拔出刀子。

千里："不要！"

平河手起刀落，千里手上一轻。

但并非是平河坠入冰河，那样就叫前功尽弃。他到了他要到的地方。那处巨大的爆痕勉强可以站人，平河死死抓着断裂的钢筋水泥，把自己塞进去。他胸前绑着炸药箱，于是他像同时在拥抱祠鼐桥和炸药。

他和千里交换了一个目光。他不打算上来，也不可能上来，千里也知道，这是最后一眼。

然后千里从桥栏上消失。

平河拿出了信号枪，他发现他所在的位置无比奇特，雪山、冰河，冰冻的天穹，战斗激烈，可天地间又好像只剩下他一个人。

他莫名地喜欢这个处境，他想等等再死。

千里回身，看见的是一个他背着身根本无法想象的战场，和第七穿插连的最后一次冲锋：

谢尔曼坦克抬高了喷口，靠仰角让燃焰呈自由落体下落，这断绝了七连幸存者最后的生存希望。

于是七连冲击，在火雨汇成的火海中冲击，带着浑身火焰冲击，爬上燃烧的潘兴坦克，扑过即将合龙的断桥，用身体堵住喷射的火焰，用瞎了的眼和烧着的手投出手雷。

他的老弟脱得就剩个裤子，因为向他求助，现在落在最后，狂乱地挥舞着一个手榴弹。

千里："万里！"

万里懵懂地回过头来，现在这应该是世界上唯一能让他回头的声音。

千里："你们……在跟什么打？"

万里："……你也不认识？"

千里不想说你刚才经历的是老子十年也没见过的惨烈和恶战。

最后一次手榴弹的爆炸，那个燃烧得像火焰精灵一样的七连士兵在美军的攒射中跌下断桥，有多悲壮就有多无奈，七连至此剩下的"唯二"战士，也就是残骸那边的兄弟二人。

一块蜂窝板落下，连接了断桥那边的冰霜和这边的烈焰，断桥不再是断桥。

潘兴坦克还在燃烧，并且迎来谢尔曼坦克的撞击。

千里听着坦克撞击的巨大动静，看着火海中的潘兴坦克的残骸让人牙酸地开始挪动。

千里："跑！万里！跑！"

兄弟俩在伤痕累累的祠鼐桥上狂奔。

潘兴坦克终于被推开，成为祠鼐桥下的又一个自由落体。谢尔曼坦克出现，一尊裹挟着烈焰的钢铁怪物。

谢尔曼坦克追赶和喷射。火龙沿着桥梁，把桥梁变成火海。

平河看过了天与地，现在在看头上的火焰，橙红色的烈焰在冰白的桥梁上燃得相当醒目，就像说：我在这里。

千里和万里狂奔，在还能腾出手的时候，他们把七连的战死者排得整整齐齐，现在始自梅生，如同仪仗，历历在目。千里和万里奔跑，命在旦夕，但没法不去看他们，他们很快就会被火海吞噬。

谢尔曼坦克驶行，喷射。吞噬了梅生，吞噬了七连。

平河抓住了导火索，把信号枪的枪口贴在上边，他甚至不打算让它们从头燃起了，所以他直接把枪口顶在肩头的火线会合处。

他看着头顶的烈焰开火,两根火线飞速地燃向他的胸前和肩后。

平河最后的意识——绿得像春天一样。

千里拉扯着弟弟奔跑,筋疲力尽,即将被火龙吞噬。

他看见从桥下斜飞出来的绿色信号弹——在这惨白的天地间难得的一点绿色。

千里:"回家喽,第七穿插连!"

这一次的爆炸并不暴烈,没有之前的迸飞和四分五裂,但它自下而上摧毁了早已伤痕累累的承架结构,失去支撑的桥面像骨牌一样递次坍塌,这种坍塌甚至有点静谧的诗意之美。

半空中飘荡着一抹红色——来自万里的那条围脖——焦炽的红色。

谢尔曼坦克和着下坠的桥梁翻滚下坠,在翻滚中它仍然在喷射火焰,但这并不让它比断裂的桥梁来得醒目。

于是第七穿插连的逝者们在水底相聚。

半座祠肅桥在美军森然阵列的战车之前坍塌。

千里和万里跑过,倒塌的桥梁并没让他们停止奔跑,也没能让他们欢呼,那里边实在有太多伤痛。

——○

奔跑一直到已经成月球表面一般的桥头镇才停下来,这仅仅是因为他们跑不动了。

千里:"喘会……你让我喘会。"

从奔跑成了小跑,从小跑成了步行,从步行成了蹒跚,从蹒跚成了接近爬行。和许多九兵团的战友一样,战斗时站立,战斗结束时倒下。

万里:"我想睡会儿,哥,我能不能睡会儿?"

千里很清楚弟弟为什么想睡会儿:万里在这样的气温下穿着个褂子。冻死并不难受,通常在无法抑制的睡眠中死去。

千里脱下自己的棉衣,像儿时一样拉开了袖子,让弟弟穿上。万里感受到温暖,模糊地应和。

千里:"坐会儿,坐会儿吧。不能睡,真别睡。"

千里挟着万里在背风的残垣边坐下。极低温在他还神志清晰时就把他冻僵了。

千里:"万里,给哥说点啥,哥还想咱们一块回家。"

万里:"你给我抓的金龟子,它飞回去了吧?"

千里抱怨:"我不知道打过这种仗的人该叫什么,英雄还是榜样?可他居然惦记一只屎壳郎。"

万里抱怨:"你们都搞错了。金龟子是金龟子,屎壳郎是屎壳郎。"

千里:"不是吗?……就是吧?"

万里还想抱怨,但忽然想起某件美好的事情:"说到金龟子,我想起那天太阳落山……"

千里:"屎壳郎和太阳落山……"

万里:"因为它们都是金色的!是金龟子——"

从小吵大的两兄弟互相瞪着，都冻得神志不清，可不碍他们装模作样的凶狠。万里决定不理会哥哥的胡搅蛮缠，叹了口气："那天太阳落山，我找到块特别好的石头，一下砸出三十个水漂来。一起，一落，一起，一落，三十个。水漂也是金色的，好像要追着太阳一起落山。"

千里看着弟弟，笑了笑。

万里："笑得很讨厌。"

千里："等回家要砸给我看。我笑是我刚想明白，我老想，我弟该这样，人那样，其实我弟什么样，他就是我弟那个样。你走上桥时是孩子，走下桥时是汉子，可你还是个孩子。挺好的。没有比这更好的。"

听不太懂这种赞美，但是万里决定和好："回去我练投弹。再不蹦着扔。"

千里："回去你再别碰手榴弹。我不想吓死，也不想气死。"

这是万里真的内疚的事情："嗯哪。"

千里："但是要孝顺，一定要孝顺。"

这趟门出的，万里也深觉如此："那是当然。"

千里："要学习，否则下次你还得胡扔手榴弹。"

万里深觉如此："那是一定。"

千里："好好做人。"

万里："你有完没完？"

小雪纷扬地落下，小雪落在他们身上，经久地不化，因为他们体表跟冰雪一个温度。

———

万里现在是一个雪人，而千里看起来反而比他好一点——是个冰雕。

空中传来引擎的轰鸣，万里用极其缓慢的速度，一厘米一厘米地把脖子转向了天空。时间对一个冻僵的人来说已经失去了意义，只剩下漫长的渴睡。

很多的夜航灯，C119运输机群在空投巨大的集装箱，每个箱子的两端都系着好几具巨大的降落伞。

万里用他冻僵的舌头呼唤："哥？"

千里没动。

万里："哥？"

千里终于轻轻地动了动，连接着下巴和胸膛的冰溜子断裂。

万里终于意识到什么，但连悲伤都是被冰冻的，他拼命想着一件能激励起哥哥生机的事。

万里："哥，带我回家。你说过的。"

千里："万里？"

万里："在呢。在的。"

千里："带我回家。"

他再也没有说话。

## 一一二

漆黑，土地和空气都在震颤。

万里使劲睁开眼，先是漆黑，然后是冰白，他费很大劲才睁开了被冰封的眼皮，看清周围的动静：

他们坐在美军的群落之中，周围是从下碣隅里撤下的装甲纵队。透过渐起的晨曦，千里看到昨晚空投下来的钢桁架整体桥梁被搭在断桥上，车队正驶过——桥梁又被修好了。

小杰登包扎得像半个木乃伊，坐在吉普车上，带着难以言状的表情看着路边这两尊九兵团的冰雕，后来他把他的目光投射向布雷登：布雷登被绑在一辆坦克的炮管上。他只能用这种方式运载他挚友的尸体，因为无装甲车辆根本没能力从前沿撤下来，于是战车被派上了运尸的用场，坦克和战车能容得下伤员和尸体的地方全塞满着伤员和尸体。

一道烈焰夹着浓烟喷射，让已经有点战场恐惧症的小杰登身子一颤。那是个有点神经质的美军，他扛着火焰喷射器，对着他看到的任何九兵团的烈士遗骸喷射，这是战场的收殓方式，但也不妨理解为泄愤。

千里和万里是醒目的，喷火手一步一滑地过去，然后黑红相间的烟与焰裹着那团冰白的人形。

万里无声地哭泣，他没有武器，这无关紧要，他冻僵的肢体根本无法行动,他用尽力气才让一根手指动了半毫米。

他看着喷火器的射孔对向自己。

但是那名美军在冰面上滑倒,再爬起来,他发现他已经喷光了所有的燃料。他把那件沉重的武器解下来,扔掉,在粗鲁的叫骂和推搡中挤上一辆最近的车。

于是千里成为燃焰缭绕的枯坐骨骸,他燃烧的热量缓慢地融化了万里身上的坚冰。

小杰登一直出神地看着这冰霜与烈火的兄弟俩,他是尾车,几个刚在预制桥梁上装好炸药的工兵跑过来,把这辆车挤得滴水不漏。它艰难地驶走。小杰登直到驶离视野还在看着火的千里和冰的万里,似乎看见了生命中最大的困惑——或者答案。

已经空寂的对岸是万里的回家之路,但它很快就不再空寂,硬胶鞋踩着冻雪的沙沙声很轻微,但汇在一起就很庞大。更加稀落,更加瘦削,更多伤痕,更多苦难,但是九兵团主力——第七穿插连一直在找的大部队——终于到来,他们以步速紧追在美军之后。

爆炸。祠鼐桥在他们面前坍塌。

然后他们愣了一会儿,用冻滞了的脑子在想发生了什么。并不需要商量或者鼓舞,战斗已成为这支惨胜之师的本能,他们收拾破碎的建筑材料,他们开始搭一座能用于追击的桥。

火焰熄灭。千里已经燃尽了身体里的可燃物质,他现在是一尊稍加碰触便会成为粉末的枯坐骨骸。

万里身上的坚冰已经融化,他像个得了重度"冰人症"的人,但终于可以动作,他呆呆看着自己的哥哥,直到他终于忍不住碰触了一下千里。

千里碎裂了,无声无息地坍塌。

万里看了看彼岸,桥正在一尺一寸地向这边延伸,他很想做点什么,也需要做点什么,于是他一步一回头地离开他的兄长。

后来他不再回头了,他收集破碎的材料,他要搭一座从这边通向那边,能让九兵团继续追击的桥。

## 一一三

港口陈放着长到没边的、要被运上货轮的、死在长津湖的美军尸体,没有足够的棺材,只有临时凑合的帆布。讽刺的是,另一侧堆放的是麦克阿瑟抢运来的圣诞物资,他答应的圣诞礼物清单。

小杰登先在对面寻找,再在尸骸的长列里寻找。他拿着在对面找到的威士忌,找到了布雷登。他拿出一支笔,在酒瓶标签上写上:一瓶喝了就没有战争的酒。

小杰登:"需要三十三万瓶,可我们只有一瓶。所以我们并不会因此变得聪明。但是无论如何,圣诞快乐,我们要回家啦,布雷登。"

他痛饮,或者说痛苦地啜饮。此刻,在小杰登的眼前,是更广阔的周围:蝗虫一样密集的飞机在升空,蝌蚪一样密集的摆渡船在舰与岸之间奔忙,驶向自海岸至海平线停得密密麻麻的军舰。因为兴南港根本不可能给总数一百九十三艘的舰只提供足够的泊港。他们丢弃了一切，把要逃离战场的人们运上舰船，连航空母舰上的飞机都被掀进海里，为了腾出更多的停机位和撤离更多的人。

更远处，是四百吨炸药和五十万磅航空炸弹的爆炸，它是世界末日一般的几道蘑菇云——美军在摧毁他们没法带走的物资，他们现在很清楚——得到足够物资的九兵团将是他们的灾难。

一九五〇年圣诞节前夜，美第十军十万五千军人和九万八千平民撤离兴南港。拂晓，第九兵团第二十七军占领兴南港。

## 一一四

军团指挥部的军官在整理成箱的军人证，类似的箱子堆砌出了半边墙壁，这都是出发之际为保密考虑代为保管的。

我们看到其中的一个熟识的名字："谈子为。职务：某团参谋长"。

宋时轮听到军列进站的鸣笛，走出房屋。他的眉头自长津湖开战之日就没展开过，因为九兵团一直濒临绝境，直到把绝境打成胜利。惨胜。

完全临战状态，也确实战痕累累的军列缓缓入站。军列还没停下，就已经饱览了那些在生存线上挣扎，却以肉体较量钢铁和高能炸药的人们，那些伤痕累累，伤员率近百分之百的人们——但他们看不见那些已经回不来的人们。

军列停下。没有这种要求,但是归建的部队仍习惯性列队。还能成列的是少数,几十个、十几个幸存者的连比比皆是。

宋时轮静静地站在某个角落向他残破的军队敬礼,他没打算上去讲什么,因为这样的一支部队,一切你想讲述的,都已经尽在不言中,或者说尽在行为中。但是宋时轮忽然间泪流满面,因为他看见万里:

万里一个人安静地站着,既孤独,也安于孤独——一个人的第七穿插连。

## 一一五

菊香书屋里,那份电文被放在一堆书籍和待处理的文件里。电文上写的是:"今天,志愿军总司令部遭到敌机轰炸,毛岸英同志不幸牺牲。"

毛泽东从他经常一坐一整天的书桌边站了起来。

他走过了他之前和长子共处过的几个场景,依稀犹在,但最让人痛彻的就是这个依稀。

后来他回到了内室,打开了自己的衣柜。他一时不知道干什么,后来他发现他拿着毛岸英临别时送他的大衣。

于是他把大衣抱在臂弯里,如在拥抱他的儿子。

后来他慢慢披上了大衣,如在被儿子拥抱。

## 一一六

一块石子溅射金黄的潋滟,跳跃着奔向夕阳,一起,一落,一起,一落……

千里:"十七、十八、十九、二十。二十。二十。二十。"

千里坐在江岸上,卡壳一样地强调着"二十",因为万里吹的可是三十,他顺便就着夕阳努力做出蔑视的表情。他需要这种快乐,他得到这种快乐。

打水漂掉链子的万里转过头来:"我说打三十个,是找到了一块特别好的石头,你知不知道什么叫特别好?特别好就是……"

他忽然间难过得想要死去:"哥,我特别特别想你。"

他抚摸着他放在江岸上的千里的骨灰坛子。

万里:"我特别特别想回家,可到了这,我发现最难的就是回家。哥,我一定带你回家……可是再坐会好吗?"

千里:"那就坐呗。"

得到哥哥恩允的万里,于是跟骨灰坛相依相偎地坐着,看着夕阳西下,看着疍民的船橹漂过,那中间也许有他们的爸爸和妈妈。

千里:"没有要打的仗,没有要炸的桥,你可以慢慢长大。甚至不长大。"

万里已经有了年轻与苍老之间的惆怅:"可我还是会长大。"

千里:"那就照你想要的样子,长大。但是万里……"

万里：“嗯？”

千里：“记得我们，可不要思念我们，骄傲地活下去。”

万里沉默，因为三条，他只能做到两条——他做不到中间那条。

于是哥儿俩相依相偎地等待夕阳成为夜色。

国之大事，在祀与戎。

——《左传》

靠山山倒，靠人人跑，靠自己，长命百岁。

——谚语

"他们的领导人住在很容易被轰炸的地方，我以为是缺乏防空概念。可他们的学校藏得能防五百磅航空炸弹。那种学校经常只有涂黑的木板，用石灰条传播启蒙。至于我们青年讨厌的数理化，那是珍宝。

"学习，当然是为了未来。如此执着于学习，是不想依赖任何一方。"

——某外军调查团成员的延安印象

"欲行大事，先立大信。大信就是纲领。欲立大信，先践大诺——民生民计，皆为大诺。"

——某忙疯了的公务员对公务的认知

"他们占有全世界八成的科技财富,和九成的喉舌。所以不是你是什么,是他们想让你是什么。"
——某公务员人生中的倒数第二句话

"不要官迷。你爸我就是个参谋,参而谋之,职责即座右铭。"
——某早过不惑却仍是个参谋的参谋,
他的人生座右铭

"从陕西到北京,一路兵家重地,通览地形的最好机会,你就睡过来了。天下承平了,再也没有战争?西南还在打,东南在挨炸,两千多下乡干部被敌特暗杀。你何不把军装留给真正的军人呢?李想同志。"
——某参谋让他第一次回家的军人儿子罚站了整个
探亲假。因为路上在睡觉,熊孩子没看地形

"他看了我一会,跪着,脑袋贴了地,跟我说话。因为他怕我仰头说话费劲。我那时快饿死了。

"孩子,我还算有个窝,能挪给你住,努努力,也许能让你上学。他这么说的。哥,你说咱爸好笑不?我都那样了,他还顾着我面子,问我,你看得上吗?

"我那时候就怕他倒了。他一手扶着墙,一手扛着我,他倒下,我们俩就都死了。

"他没倒。"

——某孩子描述她是被她的军人父亲收养的


"你们现在最期盼的装备是什么?"

短暂的沉默。某野战军主官:"T34。"——简直满面生辉。

吴本正:"可你们没有?"

主官脸上光彩陨落:"没有。"

吴本正:"T34,苏联坦克海。能叫作海,因为便宜易造,简单甚至简化,拖拉机厂都可以造。T34各型总产八万辆。

"可这样的拖拉机厂,我们一个都没有。他们的便宜对我们太贵,他们的简单对我们是天书。可就算这么件生产过剩的过时装备,老大哥也没给你们。"

被他看到的军人们都神情暗淡。你跟这支军队扯啥都行,别扯装备。

吴本正:"然后你们知道人民军的对面是什么?

"飞机海。双野马、雷电、佩刀、入侵者、超级空中堡垒;

"火炮海。75、81、90、107、105、155,甚至203和280(这是陆军各级火炮口径);

"飞机海,舰载飞机之海,因为他们有航空母舰之海。

"海盗、黑豹、天袭者、弯刀、海怒、吸血鬼;

"舰炮海。127、152、203、406(来自舰队之海);

"飞机海。双野马、雷电、佩刀、入侵者。*

"我在重复,而且可以一直重复。因为你还没喘过气,他们就能再来一次。

"他们在几百公里外开打,一直打到火箭筒射程之内。

"而你们,刚换装完有坂38式步枪,因为只有这种与我同龄(1905年)的步枪有子弹库存。

"你们是唯一一个让我看到希望的政体。所以,我来了,说你们不想听的话,问你们这个问题:

"你们凭什么觉得能与之交战并取胜?"

——某军工专业民主人士与军人的争吵

李默尹举手:"请问吴专家,是什么让您看到希望?"

吴本正:"是今年一月的免费注射卡介疫苗,虽然穷得有国无库,可你们记得每分钟有二点六个国人死于肺结核;是二月的禁毒;三月的清仓济民;四月的废除旧婚姻制度;五月的自我整风。我不唱赞歌,可我是唯物主义者。"

---

\* 以上装备暂用现代译名。以后改回英文原名。

李默尹:"我也是唯物主义。现在仅他们的航母就够打六次中途岛海战,而您觉得他们会止步鸭绿江吗?——几天前我们还说三八线。"

吴本正:"瞎子都看得出不是为那几万朝鲜溃兵。现在的局势远比'九一八'之前恶劣。所以请切合实际……"

李默尹:"希望对您很重要?"

吴本正:"也许一文不值。对我比生命重要。"

李默尹:"切合这样的实际:边境进入他们的火炮射程,东北纳入他们的飞机航程——我们把他们能止步鸭绿江当上上签?蒋军的抗战不就是这么打的吗?

"还是这样的实际:中国又成为战场,我们做只能证明勇气的抗争,后悔为什么不早一点牺牲?

"还是这样的实际:希望成了仅仅是希望对方不要开枪的希望?吴专家,这叫希望?"

吴本正冷冷看着——这家伙愤怒都很理性:"如果误判,你们就是罪人。"

李默尹:"我们只判断底线,这个底线低到——中国人得活下去。

"还有,如果战,如果我们真能拒敌境外,他们当然会说我们误判——我拿枪顶你脑门是表示友好,就是这样。

"甚至我们的后代都会说我们误判——希望如此,那说明他们活得很太平。

"希望。也许一文不值,可对我们也比生命重要。"

吴本正冷冷瞪着他,直到确定这个一张和气脸的家伙像自己一样,不会退缩。

——那场百花齐放的争吵,下半场。吴军工是个好
  人,但每一个我国近代史上的理工科都要被撕
  扯灵魂

仍是那辆钢盔当屁垫的车,匆忙地骑进来,扫一眼已经被李晓使用过的炉灶。

车停在门外,轻轻推门。尽管四年多他在家就俩半月,可李晓就是坚持留门。

果不其然,李晓正睡得乌七八糟的。这家伙睡性很大。李默尹有时候寻思她也许真是四岁,否则真没法理解她时而登天揽月转眼下海缚龙的睡姿。

把所有的钱掏出来放在桌上,压好——他往下很长一段时间用不着钱了。

想走,又帮李晓把睡姿调整了一下。起床后"腿麻脚麻"地叫唤,然后扑通倒地,李默尹见识过太多次了。

看表。几乎是掐着秒的,该走了。

走之前又去了帘子那边,精准地找到了李想面壁之地,

连脚印都对齐，面了几秒钟。

墙上没少被李想掐出来印子，李默尹也去掐了一下。

走吧。

车得留下。全家唯一的交通工具，李晓能用的。

源于肌肉记忆，仍有微瘸，这个星月之夜，李默尹跑回集结地。

——某人的告别

十月的北国之夜往人身上泛射的是寒光，但当驶上桥头，它就成了暖光，这种暖光并不代表温暖，它代表死亡。

水面上燃着火，它来自汽油弹；水底也燃着火，它来自磷类燃烧弹。逃过桥的朝鲜军民本能地让开道，麻木地看着他们这些还没有烧焦的人，而参谋们则麻木地看着水上和水下的奇观，说挨炸惯了，可日军和国民党哪有这个？

李默尹强行把目光从水面上挪开，开始检查刚拿到的枪——拿支不了解的枪就是拿自己的命开玩笑，而现在就是拿指挥部开玩笑。

有了榜样的年轻参谋们开始学样，但无论如何都没法不注意到车畔：

一个人民军士兵用左手拿着自己的右手，他应该是英勇的，因为他还背着半支枪；

一个母亲胸前一个,背后一个,两个孩子。两个都是死的。

一千五百步,一路不缺这样的景观。

李默尹:"过中段了。"

逆行不逆行的都不用说了,他们瞬间就陷入了燃烧和爆炸组成的峡谷。李默尹端着枪,自觉就是一只寒冰与烈焰中伸长脖颈的鹤,拼命寻找着那辆快被爆炸淹没的吉普车——他已经度过了再入战场的麻木,恢复到自三一年至四九年的冷漠,确实是冷漠而非冷静,因为要冷静你先得漠视掉自己的生命。

但是器材车停下了,一个朝鲜人民军军官用力摇撼着车门——他敞开的军装里一半是绷带。

朝鲜军官会中文,很生硬,也许他参加过东北的抗战:"你们的坦克呢?!"

李默尹:"走!"——他看出那家伙已经失去理智了。

但司机不习惯这样对待友军:"没有。"

朝鲜军官:"大炮呢?!飞机呢?!"

李默尹:"快走!"

司机:"没有。"

那名军官退开了,摸索自己的枪套,以致李默尹警惕地看着他,连枪口都抬起来了一些。

那边开枪了。很干脆地来了一枪,让自己成为参谋们驶下桥头时印象深刻的最后一幕——是的,他们已经过桥了。

李默尹用枪托顿了顿,提醒一直在回望的年轻同僚:"他告诉我们,光有勇敢是不够的。"

——某人跨过鸭绿江。显然他是最早最早的那批,
  逆行的第一批

热气腾腾的咖啡、虽然军用包装但尚可入口的糕点、行军桌椅、视野开阔的半幅帐篷、汽油炉,正在熨平的新到报纸——六师七团弗莱明的实权远高于其顾问之名,他率领的进军也更像是一名新贵带着几千仆役在做旅行:李承晚军全是仆役。

啜了口咖啡:"可以了。"

他当然是说英语的,这口令传下去,没几轮就成了日语的,日语混杂着英语、朝鲜语,甚至偶尔几句汉语——自一九一〇年日韩合并开算,半岛自己的文化已经快被扫荡殆尽了。

一长溜的重机枪展开方列,从 M1919 到 M2HB,间杂着"政工 大韩民国太阳映画社"的摄影机,后者的位置比机枪更加优先——

口令的传达有点芜杂,因为不仅有"Fire",还有"Action",为传送弹药挡了镜头的士兵被精神注入棒抢开——该部队的牛气,牛在它到死也没搞清自己是军队还是电影摄制组。

十余挺的各种口径开始轰鸣,弹道的远交会点是北朝鲜

搭筑的浮桥，两米来宽的桥面立刻过不去人了，桥边泛着红色和最好不要去想是什么的载沉载浮。

弗莱明啜了口咖啡，看着仆役，不，部下用托盘端过来的报纸，报纸上有一排人的背影，中间有一个是他，他们背着身在做的蠢事被大标题说明：我们在鸭绿江撒了尿。

六师七团，从未打过硬战的英雄，新闻制造者，如果没有志愿军，本该是麦克阿瑟打造出来的明星部队。

——某支勇猛进军的军队。他们千里迢迢送给十三
　　兵团的摄影器材一直存在感超强，不过不是在
　　他们手里


"向前，向前，向前，我们的队伍向太阳，
"脚踏着祖国的大地，背负着民族的希望——"
——进军伊始，来自五湖四海的军队共同传唱的几
　　乎只有这首歌，麻扶摇的"雄赳赳，气昂昂"
　　刚写上小本，没有谱曲


军人（英语）："现在……请说一件发人深省的事情吧。"

李晓（英语）："我那位养父，有一天忽然赞美中国人的肤色。他告诉每一个人，您知道最好的化妆品是什么吗？是中国小姐和太太们的暖手炉——他把我叫过来示范。秋冬之

时，她们只要把袖子贴在脸上，白里透红，纯天然的美丽。

"他可没说因为毛孔粗大，这个中国招换人无效。"

军人（英语）："……嗯，我没懂……"

李晓（英语）："因为我还没说完。因为他进了一批滞销的手炉。他就用这种办法把它们卖出去了，赚了两万镑——滞销品，卖流行化妆品的价格。"

可怜这时代的中国人，还是个军人，哪懂这个，汉语都急出来了："我还是……"

李晓（英语）："因为我还没说完。数完钱的当天，他跟我说，滚开，小黄皮。"

人已经被发人深省到只好发愣，去翻简历了（英语）："可您的养父跟我一样，军人。"

李晓正色（英语）："请务必清楚爸爸和养父的区别。"她把这两个单词都说了一遍，"爸爸"觉悟到英语盲也能听出深情："一样？"

——某人的英文口试

"……您会不会经常想起一些人？"

"那些没看到胜利就牺牲了的人？"

"还有看到胜利，可也牺牲了的人。

"真不容易。他们是新中国最宝贵的部分。我想，回国时能多一些人回去。"

——某志愿军司令部随员请求去一线的理由

"老李,你得帮我作证!"

"证明什么?"

"我那天穿了裤子。现在到处传我被敌军打得光了屁股!"

"你那天穿了裤子。"

"别跟我说,跟造谣的家伙说!"

"我越说他们越造谣你没穿裤子。军队啊,人嘛。"

——某指挥员的耿耿于怀。他的部下设伏时太贪,
　　放进太多敌军,以致那场大战从指挥部开打

江潮抄起一捧江水,倒有三块碎冰。他回头,身后是包括李默尹在内的一一三师部,两翼和再后是整个一一三师。两翼有少数正打算就此渡江的部队正被干部挡回来。

江潮的面皮有些抽搐:"贫穷落后,被侵略,哪一条不比脱条裤子可怕?"

手伸向裤带,所有人等他下一步时,江师长却顿悟了:我好像不用一个人死扛吧?

江潮:"老于,你也来。"

政委于敬山,不够意思地缩着,又很够意思地召之即来,面皮也是有点抽搐,嘀咕:"一一八高兴了。以后准说一一三全师都没穿裤子。"

如果是大老粗,这事倒简单了,偏偏一一三师的两位还都是面目清癯的文化人,于是就脱吧,他俩脱得倍显坚定,所以也倍显艰难——谁脱条裤子会被几千双眼睛看着,还要一块脱掉师首长的威严啊?

李默尹是第三个。他深知穿着湿衣物冲锋的可怕:严重失温,直至死亡。

光着腿的师长和政委蹚进冰河,身后——并且很快成了身前和左右——跟着整个无声中涉江的师部,一时的感觉是一一三要用师部打开首战。

当然没这个可能——他们很快被一一三师淹没,淹没他们的一一三师由缓步很快转入在彻骨冰寒中的奔腾。第一批过江的战士,在匍匐对射中有不少甚至被冻在地上,一边龇牙咧嘴地被战友撕下来,一边向已经放弃阵地的敌军射击。

他们不好看,一支把裤子绑在脖子上、光着腿的部队,即使展开他们行云流水连绵不绝的波形攻势,仍无法好看——但就是不可抵挡。

——一一三,二次战役,首战。他们现在根本不知
  道还要去一个叫三所里的地方

这是条很窄的街道,她看着对面店里的橱窗,那里有对此时的中国人如同幻术的玩意——一九五〇年美国已经有九百万家庭拥有电视机。

特殊的经历让李晓对这类花哨近乎先天免疫,她看的是电视里播放的内容:一个牛高马大的美军,一个雇来冒充志愿军的亚裔,他们正在展示美军的防寒服具和志愿军的防寒服具有何差距——即使演员本身也满脸奚落之意。

李晓忽然哭一样地笑了笑,让瞪着她的黑衣人都隐约有了点恻隐之心。

大姐:"晓晓你进去。这里我扛得住。"

李晓:"不是的,大姐,您知道吗?他们拿来取笑我们的衣服,比我爸我哥穿穿的要好。好多了。"

——某个女儿的伤心。很不幸,她此时身在美国

四辆潘兴集结,我们的重点是第二辆。实际上它们身后淹没在硝烟与油烟里的同类还有上百,但朝鲜永远的山谷夹公路的狭窄地形导致它们只好打添油战术。

它们很快驶入一一三师的阻击火力区———一一三并没开火,实际上看不到一一三的人,但沿着几百米公路姿态各异的十几辆坦克残骸是再明显不过的标志,其间数百具中国人

和美国人的遗骸,这不光是阻击区,也是双方的死亡区。

潘兴停驶,向着自家的残骸开火。四辆坦克连番的射击,杀死了以车体为掩蔽的几位志愿军战士。生死是个学校,一一三学会了藏成近距离甚至零距离再施以爆破,而九军学会向任何能藏人的地方先打一轮。

一轮打掉了 5×4 发的高爆榴弹,前驶。推进很缓慢,不光为警戒,之前留下的残骸也是巨大的障碍,每一辆被摧毁的前车都是后车的障碍,也是一一三的工事。

坦克排现在陷入了窘迫,因为上一波的冲击者几乎都死了,所以下一波永远不知道要遭遇什么——前车推开一辆残骸时,从残骸之下掠起一道人影,他抱着一个大号的美制反坦克地雷,扔到了碾动的履带下。

前车几乎是四十五度向上腾空而起。至于袭击者,完全消失在几公斤高能炸药的气浪中了。

成为头车的二车开始加速,后两辆车紧跟。坦克作战其实也是狭路相逢勇者胜,掉头就会露出脆弱的车尾。被摧毁的前车把路堵掉一半,它只好靠近山壁。

后车在惊叫,因为距离,它有一个相对的高视角:"头上!在你头上!"

二车打开舱盖——跟一一三这样的步兵作战,没有坦克敢露头驾驶——它发现一条粗大的导火线正飞速燃入山壁中的缝隙，而点燃火线的中国人正飞速跑开。在几近垂直的山壁上他们简直像猿猴。

猛然关上了舱盖："加速！加速！"

整道山壁成了几百吨巨石，倾倒下来，把二车的车尾砸出了巨响，连舱顶机枪都被砸飞了，但它总算逃了出来，至于后两辆，完全被掩埋了。

至此这波坦克冲锋彻底被粉碎，剩下的就是二车怎么活下来。后路已经完全被坍塌的山壁和友军残骸给堵住了，刚才空无一人的公路畔、弹坑里，甚至不可能藏下人的石头后，出现了很多人，他们挥舞着手榴弹、燃烧瓶、炸药包。

"冲过去！我们离骑一师只有几百米！"

于是加速狂驰，打通公路不要想了，这完全是二车的求生之旅。

——三的应对有点失措，因为这是第一辆冲破了阻击线的坦克，只要能爆炸的东西全支援前线了，所以二车只遭到了轻武器射击。

二车狂乱地使用着舱内能使用的主炮和两挺机枪，说射击不如说在宣泄恐惧。它看着一名中国军官（江潮）站得笔直地用手枪向它射击，然后被部下摁倒；而另一名中国兵站在它的行驶线上用手动步枪射击，似乎很希望被轧成肉泥。

当那名中国兵扔下枪，变魔术般地掏出一个跟背包等大的炸药包来，二车崩溃了。四十一吨的庞然大物在几十公斤的渺小人类面前猛然拐弯，它撞进了三所里已经所剩无几的建筑，撞击着在坦克面前如同纸糊的朝鲜建筑，总之，向南。

眼前一亮，它终于出现在一片空地上——中国兵正在焦土上列队，不是为对付它，而是要或南或北地替换下他们的战友。几道残垣下放置着伤员，另几道残垣下放置着战死者的遗体，很多，很整齐。

狂驰。中国兵纷沓中跑出它的前射界，绕到侧方后方射击投弹，步枪弹的撞击和手榴弹的爆炸让它恐惧得发疯。

"骑一师！我看见骑一师了！"

他们确实看见骑一师了，也就两百米开外的距离——他们从三所里的北战场冲到了南战场的边沿：骑一师的潘兴正在弹幕下徐进，硝烟里闪现着押后的步兵，步炮坦协同，坦白讲，比他们的纯装甲冲击要像样得多。

一个瘦削的中国军官（李默尹）拿着一只点燃的燃烧瓶，从侧前方一脸钻研精神地看了看，把燃烧瓶砸在前装甲上——坦克绝不像影视里表现的那样一烧就爆，但这毁掉了它的前视界。

"冲！我们只差两百米的直线距离！"

于是顶着满脸的火焰狂驰。逆风把前视界的火焰拂开，他们再次看见了骑一师，现在他们离着也就一百来米，而骑一师看似势不可挡的攻势已经溃败,冲前的几辆坦克在冒烟,步兵在躲着后撤的坦克后撤,不知从哪冒出来的中国兵追在他们身后。

更要命的,一架超低空压过来的天袭者冲破硝烟,出现在他们正驶向的正前方,两枚五百磅炸弹刚刚脱离它的武器挂架,骑一师不仅是步炮坦协同,也是步炮坦空协同。

二车留在世界上最后的声音是一句脏话。

——一辆潘兴的最后旅程

"我想告诉你。这几天,很多人会牺牲。因为你,很多牺牲在龙源里的人,以为他牺牲在龙泉里。牺牲需要明白,牺牲需要证明,你让他们怎么明白怎么证明?"

——能被话改变的人不多,但这句话彻底改变了一个人。志司某个跑神的家伙把龙源里抄送成龙泉里,于是很多战士直至牺牲,脑子里也只有龙泉里,因为念叨了太久龙泉里,以致无法纠正

"不用感激,可是要感慨。是我们自己挣来的。继续努力。"

——某位参加联合国会议的中国团成员的感慨

小高地再一次在爆炸和震动中碎裂、膨胀、升腾,李默

尹都看得有点麻木了。

他转身看着来自三连的两名士兵，都年轻到稚嫩（所以选择他俩），悲戚中带着坚定，这是他这几天已经看过很多次的神情，而让他不得不注目的是这两位抬下来的那位——

孙醒，被绑在两根树棍再加背包绳做成的担架上，而且是先用树棍绑住其手脚，再用背包绳把树棍连接成担架的绑法，这让孙醒被固定得也就能动动手指头。他受伤的腿倒是包扎过了，但就三连那个境况，除了死死勒住大腿根，没了。他的嘴被堵着，里边塞了团什么，外边再勒上布条。现在孙醒能做的剧烈动作也就是瞪眼和使劲运动手指。

李默尹："……伤员？"

张尊："我们副连长。"

李默尹："……就算俘虏，也没见过这么过分的。"

张尊："送他下来，他就要把伤口撕开。原来是破了，现在断了。"

李默尹："卫生员！"——他想去松开孙醒的嘴。

张尊："别。他逮谁骂谁。三都被他骂哭了。"

李默尹看看黄三宁红肿的眼眶，作为一个从善如流的人，他放弃企图。孙醒呜呜呜，好吧，现在骂的是他。

张尊："指导员说，帮我们三连留个种。"

李默尹："明白。"

张尊:"那我们回去啦。指导员让我们马上回去。"

李默尹一眼就看出了他们的谎话:"等——"

黄三宁:"求您了。"

李默尹伸出去的手就僵在那了,作为一个温和而决然的人,他知道这种温和而决然是最无法阻挡的。他看着那两个孩子离开的背影。张尊和黄三宁刚开始茫然了一小会,然后,几乎是欢快地冲向小高地——两个回家的背影。

孙醒挣扎,仅仅依靠鼻音就整出了咆哮的效果,李默尹看着从他眼角淌进了耳朵里的泪水。

李默尹:"回头你可以拿着枪来找我。回头——回头等你重建了三连。"

孙醒挣扎,咆哮,哭号,李默尹明白了他怎么就能把股动脉破裂折腾成股动脉断裂——他几乎挣断了鸭蛋粗的树棍。

李默尹:"卫生员,缴美军的那个针——打一针,送他去医疗站。"(吗啡,要不这货能把自己折腾死。)

孙醒在扎入身体的针头下挣扎,咆哮,哭号,睡去。

——某连的某人是这样活下来的

"现在还有比朝鲜更能搞懂为了什么的地方吗?"

——某人去前沿的理由

"牺牲需要证明,证明需要数据。"
——某战损统计员的口头禅。他把自己活成了最不
　受自己人欢迎的自己人


"为了孩子。"
"你有几个孩子?"
"最大的孩子一岁半。叫中华人民共和国。"
　　　　　　　　　　　　　　——两个父亲的谈话


"爸!爸爸!"
"战斗准备做好了?"
"……呃,做好了。"
"大声地再说一遍!"
"呃,还没。我……"
"滚!"
　　　　　　　　　　　——某父某子的战场重逢


"群山至此而止。
"迄今为止,轻步兵是我方唯一主力兵种,而群山是轻步兵的唯一屏障。
"可群山至此而止。这已经是坦克、飞机和大炮的战场。

"勇气和纪律。有勇气和纪律的步兵甚至能战胜骑兵,可有勇气和纪律的步兵,能用长矛战胜机枪?"

——吴军工的绝望


爆尘把百夫长和射手一起淹没。在爆尘渐散后射手也再没起来——对着一尊满是金属构件的怪物打贴脸射击,等同对着自己的脸引爆一个定向雷。

百夫长又往前驶了十来米,终于停下。它的身后拖出了十几米长被炸断的履带。

李默尹回头看了看,那位记录员正在记录,运笔如飞,满心凄凉。

李默尹:"用炸药包、爆破筒、燃烧瓶,我们也能做这个。"

记录员:"可我们不能一直用炸药包、爆破筒、燃烧瓶。"

他站起来,直挺挺向火箭组牺牲的地方敬礼——这么做时他是可能被还未放弃武装的百夫长打死的。

——一种实验武器在战场上的实地试用


"可光军人打不了这种仗,打这种仗,得军队,得铁铸一样的军队。

"非要个上限的话,守住,让这十几万打凌乱了的军人在我们身后重整,固防,成为军队。铸上铁,铁铸一样的军队。

"所以我不去数日子了。扎猛子,不数数还能扎得久一点。
"打这样的仗是需要明白——现在你明不明白?"
"明白。"
"明白就去组织。"
"组织就去行动。"

——某指挥员和基层军官的对话


李想:"爸。"

他已经完全丧失语言能力了。不傻不瞎,当然看得出父亲要前出。李默尹还是那支 M1 卡宾,于是李想换给他自己的 M2 卡宾,全自动三十发多少比半自动十五发让父亲多些存活几率;子弹通用,所以整个子弹袋都塞了过去。然后在自己身上和包里摸索:哨子、钢笔和记事本掏出来又塞回去,这是营教导员的必需品,对父亲也没用;一块毛巾包着的两块干馒头片和啃剩的半个野果子,这个必须给;两枚手榴弹,这也用得上;小半卷洗过的绷带,这得给;一个有弹孔和血痕的美军头盔,这得给父亲套上;水壶、一件缴获美军的雨披、一双备用的胶鞋、半盒火柴……

李想茫然而急促地翻寻和塞给李默尹自己寒碜到可怜的家当,哪怕能让他活着回来的几率从百分之一变成百分之二呢?直到他从口袋里翻出什么,看一眼,又塞回去,有点赧然。

李默尹掰开他的手又给抽了出来：李想自个的照片，两寸黑白，二十多岁，正是爱俏的年纪，恐怕李想自己也觉得上边的那家伙很帅。

李默尹："哎呀，这次你回来，咱一家四口该去拍张合照的。"

可你罚站了我全程啊。李想茫然看着父亲。

李默尹把照片塞进了自己的口袋，帮李想把脸上的血和泥和泪水抹掉——从叫了第二声爸，李想就一直泪水纵横——然后帮儿子扣上儿子帮自己扣上的头盔。

李默尹："没说一句没用的话，没做一件没用的事情。你这营可以啦。你妹妹我也放心了。"他把一手的眼泪全抹在李想的衣服上："走啦。李想同志。"

李想看着父亲翻越战壕，蹚进战火，战壕挖得过深，让早过不惑将知天命的父亲攀爬得有点费劲。

——一对父子的告别

（节选自兰晓龙著《战与祀》。全书即将由人民文学出版社出版。）